聖獣に育てられた少年の
異世界
ゆるり放浪記
～神様からもらったチート魔法で、仲間たちとスローライフを満喫中～
いちまる 絵 nyanya

CHARACTER
✤トキヤ✤
聖獣の里に転生した主人公。
真面目で心優しい性格と、
神様からもらった「時間魔法」で
聖獣のみならず人間からも
慕われている。
✤ユージーン✤
本来は赤黒い巨大な
竜の姿をした聖獣。
シラユキ同様、人間の姿で
トキヤと旅をしている。
不器用で無愛想だが、
思慮深い一面も。
僕、外の世界を見てみたい！
俺がさっさと仕留めてやるよ！
トキヤを守るのはシラユキ達の役目デス！
✤シラユキ✤
冷気を自由に
操ることのできる聖獣。
本来は美しい白銀の獅子だが、
人間の姿で旅をしている。
とっても元気で、ちょっぴり天然。

〝イノチノオンジン〟だよ！
スカーレット
街で一番大きな
『エインズワース商会』を営む
エインズワース家の長女。
明るく元気な性格で、
特にシラユキのことが大好き。
尊敬するよ、トキヤさん
アイザック
エインズワース家の長男。
はじめはトキヤたちを警戒していたが、
徐々に信頼するように。
内向的な性格だが、
魔法の実力は確か。
SEIJU ni
sodaterareta shonen no
ISEKAI YURURI HOROKI

「いい匂いデス、美味しそーデース！」

「こりゃすげえな」

ふたりとも用意していたスプーンで、
缶詰の中身——

肉と野菜を煮込んだポトフ——

にかぶりついた

聖獣に育てられた少年の異世界ゆるり放浪記

~神様からもらったチート魔法で、仲間たちとスローライフを満喫中~

いちまる

絵 nyanya

SEIJU ni
sodaterareta shonen no
ISEKAI YURURI HOROKI

目次

プロローグ

──自分が死んだ瞬間なんて、覚えていない。

車に轢《ひ》かれたようなおぼろげな記憶があるけど、痛みも苦しみも覚えていない。最期になにを思ったかなんて、もっと覚えてない。

常々、自分の人生で特筆すべきことなんてないと思っていた。

両親を事故で亡くした点を除けば、平々凡々の生活、平々凡々の人生。普通の学校に入学して、普通に卒業して、普通の会社に入社して、死ぬ瞬間まで普通に通勤していたんだ。

僕──尾内時哉《おうちときや》の生きざまに、「すごい」と言えるものなんてない。

そこに不満があるわけでもないし、当たり前だと思っていた。

『すごいね、君』

「え?」

だから、死んでから見知らぬ誰かにそう言われた時には、とても驚かされたよ。

気がついた時、僕は真っ白な部屋にいた。死ぬ前のスーツ姿で、なのに怪我のひとつもないままソファーに腰かけている。そんな僕の目の前にいるのは、三十歳の僕よりふた回り以上は年下に見える、白いシャツとズボンをまとった白い髪の人だ。

〝人〟と称したのは、男の子にも、女の子にも見えたから。

明らかに人間とは違う雰囲気を醸し出す人の姿をしたなにかは、手にした分厚い本をぱたん、と閉じると、僕の方を見て微笑んだ。

『前世の悪行がひとつもない。生まれてから死ぬまで、自分の意志で悪事を働いたことがない人間なんてそういるもんじゃあないよ』

「いやいや、大袈裟《おおげさ》ですよ」

『大袈裟なものか。誰でも一度は悪いことをするもんさ。宿題を忘れた言い訳で嘘をついたり、親の財布からお金をくすねたり……。そりゃあ、今まで君のような人を一度も見たことがないわけではないけど……ある意味では心が欠けている、とも言えるね』

神。目の前にいるのは、神様。

信じられない話だけど、信じざるを得ない。だって、僕は死んだんだから。天国か、地獄か、もしかするとそのどちらでもない場所に行くのは当然だと思っていたんだ。

ついでに言うなら、神様はすごいと言っているけれど、僕にそうは思えない。

悪事を働かないなんて、普通だ。僕にとってはありふれたことだよ。

「父さんと母さんの言葉を信じて生きてきたんです。悪いことをしちゃいけませんって。子供の頃から口酸っぱく教えられたのを守ったって、それだけですよ」

『そりゃあ、そうだろうけど。にしても、善行を積んだ末が轢き逃げじゃあ、ねえ……』

神様は少しだけ首をひねって、軽く手を合わせた。

『……よし、決めた。尾内時哉、君にご褒美をあげよう』

そして、僕に向かって朗らかな笑みを見せた。

「ご褒美？」

『やってきた行いの割に、君には前世でなにも与えられていないからね。プレゼントだと思って、受け取っておくれ』

神様が軽く指を鳴らすと、どこからともなく、橙色《だいだい》に光る文字の羅列が現れた。英語でも、ドイツ語でも、ハングルでも、ましてや日本語でもない、とても読めない言語だ。

神様は、慣れた手つきで宙に漂う文字を指先で繋《つな》ぎ合わせ始めた。

というか、こんな展開をどこかで見たことがある気がするんだけど。

『ええと、次の転生先は「魔法世界」だったね。君はライトノベルとか、読んだことがあるかい？　冒険者がいて、魔獣がいて、スキルって能力で魔法を放つ、ファンタジーの世界って言えば、通じやすいかな？』

やっぱり。これはきっと『異世界転生』だ。

一度死んだ人間が別の世界で新しい人生を送る。僕の読んでいた小説では、すごい力を手に入れた主人公が、異世界で自由気ままに生活していた。正直に言うと僕もちょっぴり憧れていたし、そんな出来事に巡り合いたいと思っていた頃もあるよ。

中には、手に入れたすごい力で人を踏みにじったり、世界をめちゃくちゃにしたりする小説もあった。僕の場合はそうじゃないと嬉《うれ》しいな。

「あ、はい。そんな世界が舞台の小説をよく読んでました」

僕が答えると、神様はにっと笑った。

『話が早くて助かるよ。神様の加護とか、恩恵とか、普段は与えないから裁量が難しいんだよね……。とりあえず、炎・水・土・風の基本四大属性と回復や肉体強化、物質の合成に特化した四大属性以外の無属性魔法、ある血筋にしか芽生えない特殊系の能力を付与していいかな？　錬金術は使えるようにしとこうか？　種族は神の眷属《けんぞく》、とかどうだろう？　向こうの世界で崇め奉られること請け合いだよ？』

「け、結構です！　崇め奉られるなんて、僕、そんな立派な人間じゃないですよ！」

思っている傍《そば》から、とんでもない提案だ。

慌てて首を横に振る僕を見て、神様は首を傾《かし》げた。

『そうかい？　珍しいね、だいたいの転生者は、このあたりの話をちらつかせると喜ぶんだけど……時哉って、本当に珍しいタイプの人間だなあ』

あれ、これって僕がおかしいのかな。普通だと、皆すごい力で縦横無尽に暴れたがるのかな。

気持ちはわからないでもないけど、いつか絶対ひどい目に遭うと思うんだけどなあ。

もし遭わないにしても、人を傷つけるのはやっぱり僕は嫌だな。

『だけど、あっちであっさり死なれても寂しいから、体だけは強くしておくよ。体調を崩しやすいと困るから、状態異常は無効にしておいて……体力と魔力も、思いきり上げておこう。多いに越したことはないからね。あと、どの国の言葉も、通じるようにしてあげるよ』

「そ、それはどうも……ありがとうございます」

『覚えられるスキルの数と、幸運の数値も上げて、と……うん、これでいいかな。少なくとも、転生してすぐに死んだり、ひどいところに転生したりする心配はなくなったよ』

神様がしゃべりながら橙色の文字を動かすたびに、繋がった文字同士がピカピカと光って、ぱっと消えてゆく。きっと、あれで転生した後の僕に与える力を決めているんだ。

というか、他の世界にはスキルとか、ステータスとかが存在するんだね。アニメや漫画の世界にしかないって思ってたから、そこはさすがに驚いたよ。

そしてそんな能力を盛ってくれるんだから、神様には感謝しないと。

「なにからなにまで、助かります」

『久々にいい人間を見せてもらったんだ、これくらいはさせておくれ』

橙色の文字をすべて繋げ終えた神様は、まっすぐ僕を見つめた。

きょとんとする僕に、彼、もしくは彼女は、どこか母親を思わせる笑みを浮かべた。

『それと、これは神様からのアドバイスだが、もう少し肩ひじ張らない生き方をしてみるといい。前の世界よりは息苦しくないし、ここで軽く、砕けたしゃべり方でも練習してみるといいよ。ほら、私に向かって笑顔で話しかけてごらん？』

なにかと身構えたけれど、神様の提案は不思議なものだった。僕はこれまで、肩ひじなんて張ったつもりはないし、息苦しいと感じたこともなかったから。

けれど、神様と向かい合うと、どうしても相手を自分よりずっと偉い存在だと認識してしまって、笑顔なんて作れなかった。

よくよく振り返ってみると心の底から笑ったことなんてほとんどなかったと気づく。

そもそも、自分のために笑顔になれた時なんて、生きている間でも思い出せないくらいだ。

皆のために生きる、皆の幸せは僕の幸せ。そう思って生き続けてきたけれど、死んでしまった今、皆の記憶から僕はすぐに消え去ってしまうだろう。自分をないがしろにし続けてきた結果、僕は本当の意味で笑うのを忘れてしまっていた。

――もしかすると、僕は無意識に自分を貶《おとし》め続けていたのかもしれない。

大した人間じゃない、なにかに秀でているわけでもない、と。

「はい……あの、神様？」

だから、神様が僕の返事を聞いて困った表情を見せたのも、無理はなかったんだと思う。僕の心の底に渦巻く不安と悩みを、見抜いているように見えた。

『もっとフランクでいいよ。私を友達か、家族だと思ってごらん』

少し俯いてしまった僕の肩に、神様が手をのせてくれる。

ちょっとだけ肩の力が抜けたような気がして、僕は顔を上げた。

「家族……えっと、転生のお手伝いをしてくれて、ありがとう。神様、さん」

『ははは、その調子。本当に君はいい子だね、時哉』

きっと、僕が浮かべたのは、どこか頼りない笑みだ。

これまでの人生で自分の価値を見出せず、ただ善《い》いことしかできなかった人間の顔だ。

それでも神様は、僕を認めてくれた。その事実がなんだか嬉しくて、居心地がよくて、ここを離れたくないとすら思った。

でも、そうはいかないんだって、すぐに思い知らされた。

僕の体が少しずつ透明になりつつあったからだ。今まで一度だって経験のない事態ではあるんだけど、これが転生の始まりだというのはなんとなく理解できた。前世で読んでいたライトノベルに、同じような展開があったんだ。

『もうじき転生が始ま……おっと、大事なものを渡すのをすっかり忘れていたよ』

透けていく手を見つめる僕に神様が顔を寄せて手をギュッと握ってくれた。神様が手を離すと、僕の手の甲には見たこともない、荘厳な時計に備えつけられた針のような紋章が刻まれていた。

「……これは？」

『「時間魔法」と言っておこうかな。この魔法が、きっと君の未来を明るく照らしてくれる。

使い方は、自分の心に聞いてみればすぐにわかるはずさ』

『時間魔法』。

魔法自体、よくわからない。時間魔法となれば、もっとわからない。

謎の力の正体を聞こうとするよりも前に、意識が揺らいだ。

『じゃあね、尾内時哉……いや、トキヤ。君がやりたいことを探す旅に出るんだ』

神様がニコニコと手を振っているのが、僕の最後に見た光景だった。

意識が途絶え、感覚もなくなって――僕は、なにも感じなくなった。

一章　生まれたて、芽吹く時

僕が次に意識を取り戻したのは、うすぼんやりとした暗闇の中だった。

手の感覚も、足の感覚もない。体の中で唯一なにかを感じられるのは、全身を包む不思議な暖かさ。それ以外はちっとも感じられず、動けない。

なのに、意識だけは嫌なくらいはっきりしていた。

（……ここ、どこだろう。声がうまく出せないや）

口を開こうにも、うまく体が言うことを聞いてくれない。どうにかこうにか動かそうとするが、そもそも手も足も、うんともすんとも言わない。

そうしているうちに、やっとまともな感覚が耳に戻ってきた。外の世界がまるで無音ではないと知ったのは、それからすぐのことだった。

『……これは……なん……』

『人……どうし……』

どこからか聞こえてくる声がおぼろげながら聞き取れる。

誰かが、自分を囲んでいる。しかもひとり、ふたりではない。重なる声からして、十、二十、もっとだ。

声が聞こえるようになって、やっと思考も冷静さを取り戻してきた。

神様が白い部屋で言っていたように、僕はきっと異世界に転生したんだ。つまり、僕の手足が動かないのも、目がぼんやりとしか見えないのも、生まれたてだからだ。

（神様が言ってた、転生に成功したのかな？　だったら、今の僕は赤ちゃん――）

ただ、ありがたいことに、僕の体は普通の赤ちゃんよりも少しだけ早く動くようだった。その証拠に、滲《にじ》んでいた視界が少しずつはっきりしてきた。

口が動かないなら、せめて自分を取り囲む世界を見てみたい。そんな僕の願いは、早々に叶《かな》った。文字通り、叶ってしまったんだ。

『――まさか「神樹」から、人間が生まれてくるとは！』

僕の目の前にいるのは――僕を抱きかかえているのは、人なんかじゃなかった。

毛むくじゃらで角が生えた獣としか言えないなにかだった。

（――え？　人じゃ、ない？）

あまりに信じられない事態が起きたからか、僕の脳は一瞬だけフリーズした。

溶けた脳みその形が戻るにつれて、僕の視界は、不幸にもとんでもない速さで明確になってしまった。周りにいるのが、僕の知る人間ならともかく、僕を囲むあらゆる生き物が、まったく知らない存在なんだ。

青い毛の類人猿、蜥蜴《とかげ》と人間のハーフ、翼が八つある黒い烏《からす》。

どれも近しいたとえで脳が処理したけれど、はっきり言って、元いた世界で見たこともない生き物ばかり。しかも、どれも成人男性よりずっと背が高い。

幸いにも、彼ら、彼女らは誰も、僕に敵意を抱いているようじゃなかった。

というより、僕の存在そのものに困惑して、話し合っているようだった。

『バカな！　人間族が生まれるなど、里ができてから三千年の間で、一度もなかったぞ！』

『だけど、この姿は間違いなく人間よ。人間の赤ん坊だわ』

明らかに言語は日本語じゃないけど、僕は不思議と聞き取れた。

（見たこともない動物なのに、なにを話してるかわかる……。神様が言ってた、どの国の言葉も通じる力のおかげかな？　つまり、ここが異世界？）

やっぱり、間違いない。僕は異世界へと転生を果たしたんだ。

手放しで喜べたらいいんだけど、今はそうはいかないね。

（それよりも、僕を抱えてる腕の毛がゴワゴワしてて、なんだか落ち着かないよ……！）

きっとしかめっ面になってる僕の表情に、たぶん、動物の皆は気づいてない。

『ではこの子が、オサが言っていた「選ばれし者」だと？』

『どうでしょう。神の遣いが集う「聖獣の里」を統べるのが、人間だなんて。いくら神樹のこぶの中から生まれたとしても……オサの予言でも、信じられないわ』

わけのわからないことばかり。頭が冴《さ》えていっても、まるで理解できない。

（聖獣の里？　神の遣い？　なんのことなんだろう？）

僕の口が動いて、ちょっとでも質問ができたなら、そのすべてが解消されるはずなのにな。

そんな調子で、僕は呑気《のんき》にしていた。自分がどんな立場に置かれているかを理解できたし、神様の言っていた通り、命が危ぶまれる状況じゃないってわかったから。

『まあまあ、まだ赤子だ。まずはゆりかごに入れてやろう』

『そうとも。何年か世話をして話せるようになったなら、この子に、我らと同じ神の遣いか否かを聞けばいいじゃないか』

だけど、聖獣達の会話を聞いて、たちまち僕の甘い考えは吹き飛んだ。

（な、何年も⁉　意識はあるのに、ずっと赤ん坊のまま、お世話されるの⁉）

赤ん坊に意識があるのか、すぐに自我が芽生えるのかは知らない。

でも、少なくとも、僕には自我がある。三年、五年も自分の世話をされるのは恥ずかしい。

だって、頭の中身は転生前から変わっていない、三十歳だもの。

（ちょっと、いや、かなり恥ずかしいし、どうにかならないかな……！）

内側だけが大人なのが、とてももどかしい。

持ち上げられて、柔らかい籠の中に入れられるのにも、抵抗ひとつできないなんて。

（ああ、もう！　せめて、僕が話せるくらいまで成長していれば、事情を――）

せめて、転生した時の年齢が五歳か、六歳。そうでなくとも、会話ができる年齢だったなら。

今すぐにでも、そのくらいの歳まで一気に成長できたなら。

ないものねだりだとわかっていても、強くそう願った、その時だった。

（——え？）

視界の端に見える——僕の右手の甲が、光り輝いた。

僕の手の甲に刻まれた紋章が、視界を埋め尽くすほどの青白い光を放ったんだ。

『な、なんだ⁉』

『この光は……魔法スキルの光か⁉』

魔法スキル。聖獣達のうち、一匹がそう言った気がした。

だけど、それがなんであるかを考える余裕は、今の僕にはなかった。聖獣が手を離してしまうほどの眩《まばゆ》い光に包まれてしまったからだ。

最初は不安ばかりだったけど、この光が温かくて、体に害がないんだとわかってからは、恐れは少しずつ引いていった。光を浴びてからまだ十秒しか経《た》っていないけど、直感的に、悪意のある光じゃないと僕にはわかった。

おまけに、聖獣の手を離れても僕はどこにも落ちなかった。

気がつけば、僕は動かないはずの足で立っていたのだ。

「……あれ？」

光がだんだん収まっていく中で、足だけじゃなく手の感覚も戻ってきた。視界もさっきより

ずっとはっきりしていて、驚いた聖獣達の顔をくっきりと見分けられる。心臓の音も、自分が呼吸する音も、聞き分けられる。

やがて光が完全に消え去った時、僕は自分になにが起きたのかを知った。

「どうして……僕、さっきまで赤ちゃん、だったのに……?」

今の僕は、赤ん坊じゃない。少年くらいの体躯《たいく》まで成長していた。

どうしてそんなに成長したのかがわかったのかというと、掌《てのひら》を見つめてから、僕の後ろを見たからだ。そこにあったのは、ぴかぴかと鏡のように輝く不思議な大樹だった。間抜けな顔で鏡のような幹に反射した僕は、サラリーマンでも乳児でもなかった。

セコイアよりもずっと大きく太い木は、僕の姿をありのままに映していた。

身長は百二十センチほど。やや痩せ体型。茶色のショートヘアに茶色の瞳、自分のものとは思えないほどあどけない顔つきのせいで、最初は別人が映り込んでいるのかと思った。けど、両手の甲にある時計の針を模した紋章が、それが僕である証《あかし》だった。

信じられないけど間違いない。僕は今、赤ん坊から七歳児くらいまで急成長したんだ。

当事者である僕ですら驚いてるんだから、聖獣達の驚きは僕の比じゃなかった。

『お前、なにをしたんだ⁉ もしかして、人間ではないのか⁉』

『成長魔法を使ったのですか⁉ いや、それにしては魔法の光が強すぎます!』

『あなたが「選ばれし者」なの⁉ この里の守護者になるって聞いたわ!』

毛むくじゃら、つるつる、ごわごわ、がさがさ。様々な肌と毛並み、角と耳、動植物が合体したような不思議な外見の聖獣百匹以上が、僕に詰め寄ってくる。悪い生き物じゃないとはなんとなく察せるけど、その、とっても〝圧〟がすごい。

第一、僕自体、なにが起きたか理解できてないんだ。説明なんてできるわけないよ。

「い、いや、えっと、僕は……」

だけど、聖獣達は話なんか聞いてくれない。もふもふした感触が押し寄せてくるのは嫌じゃないけど、このままじゃ、神様の遣いなんていう素敵な生き物に圧し潰されちゃう。

どうしよう、どうしよう。

混乱と再度去来した不安で胸が苦しくなった時――たくさんの声がかき消された。

『――そこまで。お主ら、ちと騒ぎすぎじゃ』

聖獣達の後ろから聞こえてきた、たったひとつの、とても静かな声によって。

聖獣達がばっと左右に分かれた。モーゼの十戒のように、綺麗《きれい》に分割された群れの中心に、声の主はいた。

『オサ……！』

『オサ、いつからそこに……⁉』

オサ――恐らくだけど、長。群れの頂点にして、統べる者。

そんな仰々しさとは縁遠い生き物が鎮座していた。

軽自動車ほどの大きさの、全身が浅葱《あさぎ》色のふわふわの毛に包まれた、羊のような見た目。顔つきはよぼよぼで、目は開いているのか閉じているのかわからない。まるっとした外見だけど、蹄《ひづめ》はとても大きくて、妙な威圧感さえある。

人をダメにするソファーの十倍は柔らかそうな外見のなにかが、声の主であるのは間違いなかった。そして畏敬の念で見つめる彼らをまとめる存在であるのも。

（このもふもふしてるのが、『長』？　僕を『選ばれし者』と言ってくれた？）

僕が茫然《ぼうぜん》と羊もどきを見つめていると、それはのそのそと歩み寄ってきた。

大きな蹄で闊歩《かっぽ》しているのに不思議と音は出ず、軽やかささえ感じさせた。

「……あの、僕は……」

『わかっておるよ。お主はトキヤ。神に遣わされた「転生者」であろう』

「はい、僕は……どうして、僕のことを？」

優しい声に安堵《あんど》する間もなく、思わず疑問を口にした。僕はここに来てまだ一度も誰かと会話を交わしてないのに、オサが僕の名前を知っていたからだ。

『ほっほ。お主だけではない、この「聖獣の里」で起きたこと、起きること。わしが夢で見たことなら、なんでも知っておるとも』

目を丸くする僕の前で、オサは息を吐くように笑った。

『ひとまず、落ち着いたならわしのところに来なさい。それと、ウダイ、サダイ』

『はっ。ここに』

オサが蹄を打ち鳴らすと、どこからともなく二匹の聖獣が現れた。

片方は淡い銀色の鱗《うろこ》を持つ、五メートルはある大蛇。もう片方は、金色の大きな猿としかたとえようのない見た目をしている。僕のボキャブラリーだとこの表現が限界なんだけど、はっきり言って、人よりもずっと賢そうでどこか神々しさも漂わせている。

傅《かしず》いた一対の聖獣に、オサは僕を蹄で指して、静かに言った。

『布のひとつでも、着せてやりなさい。この子は人間じゃ。わしらと違って、そのままでいても恥ずかしくないというわけにはいくまいて』

「え……あっ」

その時になって、僕はようやく気づいた。ゆりかごをどかして大きくなった僕の体は、なにも隠されていないんだって。要するに、すっぽんぽん、というわけだ。

僕は顔が熱くなるのを感じながら、思わず股間を手で隠した。

そのままちょこちょこと足先だけで動いて、大樹の陰に飛び込んだ。

◇◇◇◇◇◇◇◇◇

しばらくして、僕は大樹から少し離れた洞穴に案内された。

銀色の蛇――ウダイからもらった布切れを頭から被っただけの服は、とてもスースーしたけど、なにもないよりはよっぽどましだ。それに、金色の猿――サダイとウダイに挟まれて歩いている間、正直に言うと、布一枚の格好を気にしている余裕はなかった。

歩いている間ずっと、他の聖獣が僕をちらちらと見てくる。奇異の目線なのは、ここに来て間もない僕にもよくわかった。動物園の珍獣は、きっとこんな気分なのかな。

複雑な思いのまま歩いていると、洞穴の奥が見えた。

洞穴の行き止まりには、大きな扉があった。サダイは僕に、ジェスチャーで「ここにいるように」と告げてから、扉を叩《たた》いた。

『オサ。トキヤを連れてきました』

『入りなさい』

ギギギ、と軋《きし》むような音と共に扉が開いた。

中はとても質素で、獣の巣のようだった。雲のような不思議な素材でできた寝床っぽいもの、山積みの本、ぼんやりと光る謎の光源だけがある部屋だ。

そんな部屋の奥で、オサはこちらを見つめて佇《たたず》んでいた。

心のすべてを見透かされてるようなつぶらな瞳を前に、僕はどこか緊張する。

「し、失礼します……」

部屋の真ん中まで歩くと、雲が小さくちぎれて僕のもとまでふわふわと漂ってきた。

『そこに座りなさい。ウダイ、サダイ、下がっておれ』

『『はっ』』

ウダイとサダイが扉の外に出ていくのを見届けてから、言われた通り、僕は雲の上に座った。

ふかふかの素材の正体はまるでわからなかったけど、座り心地だけはとてもよかった。

ようやく心が休まった僕のもとに、オサがのそり、のそりと近寄ってきた。

「……オサ、さん？」

僕がそう呼ぶと、オサはふがふがと鼻を鳴らしながら笑った。

『そうとも、わしがオサじゃ。といっても、本当の名前ではないがの。皆にオサと呼ばれ続け、いつしかこちらがわしの呼び名になってしもうただけじゃ』

たったひと言交わしただけなのに、僕はオサに心を許していた。

それくらいオサの声は心地いい。とても優しくて、心に沁《し》みる声なんだ。

「……聞きたいことが、たくさんあります。聞いても、いいですか？」

『わしもじゃよ。お主の話を聞かせてくれんかの？』

「僕について、知っているのではないですか？」

僕の問いかけに、オサは体を揺らして再び笑った。

『わしが知るのは、夢で見た事柄だけじゃ。人の、獣の、聖獣の思い出や記憶、心まで見抜けるほど全能ではないのじゃよ』

夢で見た、という言葉の意味はあまり理解できなかった。

けど、オサと僕の会話のきっかけとしては十分だった。

オサは、僕が質問するよりも先に、僕の聞きたいことをすべて——僕が混乱しないように、必要最低限の事柄をすべて——教えてくれた。

僕が生まれたここは、神の遣いである人外の存在、聖獣が集う土地『聖獣の里』。

豊富な資源と自然、そして神が植えたと言われている煌《きら》めく大木『神樹』はまさに、聖獣達にとっての楽園。そんな神樹のこぶから僕が生まれたのだから、聖獣達はどよめいていたんだって。聖獣達も神樹から生まれるけれど、たいていは枝になる巨大な実から生まれてくる。僕のような生まれ方はしないし、人間が出たことなんて一度もないらしい。

このあたりで、オサは説明をやめた。僕が混乱するだろうと思ったようで、今度は僕の話を聞きたがってくれた。といっても、僕の話なんてそうおもしろいものでもないんだけど。

だけど、オサは僕の話を静かにちゃんと聞いてくれた。

聞いた上でなにかをジッと考え込んでから、よぼよぼの目をぱっちりと開いた。

『ふうむ、なるほど……サダイ、来なさい』

オサが蹄をまた打ち鳴らすと扉が開き、大きな猿のサダイが入ってくる。

『お呼びですか、オサ』

『トキヤを「鑑定」しておくれ。この子の力を、この子自身が知るべきじゃ』

『わかりました。トキヤ、こっちへ』

言われるがまま、僕はサダイの傍に寄った。サダイは太くて毛むくじゃらの手をぬっと伸ばして、僕の頭の上に掌をかざす。

『そう怯《おび》えなくていい。鑑定魔法の「スキル」で、君を視《み》るだけだ』

僕が恐れているのを見抜いたのか、サダイは優しく声をかけてから、手に力を込めた。するとサダイの掌が淡く光り、魔法陣が現れた。

それは僕の体を見透かすように、ゆっくりと頭の先からつま先まで何度も行き来する。ＣＴスキャンを受けている感覚と共に、僕は『鑑定』されているのだと察した。

元いた世界で読んでいた小説だと、物事の本質を暴き、物体がなんであるかを教えてくれる魔法だった。この魔法を使って、秘宝の正体を知ったり、敵の魔法や秘密を見抜いたりと、大活躍する主人公がいたのを僕は思い出した。

（これが鑑定魔法？　小説だと何度も読んできたのに、自分がされるとなるとなんだか不思議な感覚だなあ。まるで、全身を強い光で透かされてるみたいだ）

というより、神様が言ってたように、魔法のある世界なんだ、ここ。

しばらくサダイは僕をスキャンしていたけど、やがて静かに声をあげた。

『……なんと……信じられん……』

ゆっくりと僕の頭から手を離したサダイの顔は、驚きに満ちていた。

いや、驚いているというなら、僕もなんだけどね。なんせ、サダイと僕の周りを囲むように、神様が使っていたような橙色に輝く文字がたくさん並んでいたんだ。

小説を読んでなきゃ、きっとこれが僕を『鑑定』した結果なんだろう、なんて想像もつかなかったと思う。相変わらず文字は日本語でも英語でも、アラビア文字でもなかったけど、どうにか『スキル』のあたりは読めた。

『基本系』『魔法系』、『学知系』、その他諸々。まるで意味がわからないから、僕はただ、サダイがオサに歩み寄り、驚きに満ちた顔で声をかけるのを待つばかりだった。

『オサ、トキヤはただの人間ではありません。いや、潜在能力は、ともすれば我々聖獣をも上回るでしょう。これほどの加護と魔力を持っているとは、信じられません』

「僕、そんなにすごいんですか?」

僕が聞くと、サダイは頷《うなず》いた。

『自分で見るといい。最低限の情報だけだが、きっと驚くよ』

もっとよく読もうとして、僕は文字に近づいた。

ふわふわと漂う文字列の意味は、こうだ。

名前:トキヤ

種族：人間
年齢：七歳
性別：男性
身長・体重：１２０センチ・24キロ
体力…17万
魔力…８０００万
基本系…超体力ランク10・超回復ランク10・各種状態異常無効ランク10
魔法系…全属性魔法素質（未覚醒）
武術系…武神の素質（未覚醒）
学知系…賢者の素質（未覚醒）
特殊系…神の加護ランク15・時間魔法ランク∞《むげん》

「えーと……」

なんかすごい、というのはなんとなく察せるけど、どうすごいのかはさっぱりだ。というか、身長と体重の表記は、元いた世界の単位なんだね。

とりあえず、せっかく相談できる相手がいるんだから、質問して損はないはずだ。

「……これが、僕を『鑑定』した結果、ですか？」

『そうだ。これが君の、現状の「ステータス」だ』

「ステータス？」

『サダイよ。トキヤはまだ、生まれたてじゃ。すべてを説明してあげんとのう』

『そうでした……トキヤ、生物が持つ力を表したものを、我々はステータスと呼んでいる』

こほん、と咳《せき》払いをしてから、サダイは僕にいろいろと教えてくれた。

『そこに表示されるのは、性別や年齢、種族、体力および魔力、所有するスキルだ。他者からも確認できる、個人のプロフィールとも言えるな……もちろん、隠すこともできるぞ』

プロフィールと聞いて、僕はようやくステータスがなんであるかを把握できた。

ゲームやアニメじゃ個人のスペックを表すものだ。でもまさか、テレビゲームのように、自分の目でステータスを目の当たりにするなんて、思ってもみなかった。

よし。とにかく、サダイが説明してくれるなら、もっとたくさん聞いてみなくちゃ。

「この『基本系』とか、『魔法系』ってなんですか？」

『それは「スキル」の系統だ……ああ、スキルとはなにか、というところから、だな？』

「は、はい……」

『スキルとは、生物が使用できる技能の総称だ』

僕の隣まで来たサダイは、宙を漂う文字を指さしながら丁寧に教えてくれた。

『スキルは、家事や毒耐性といった肉体の強さと身ひとつでできることを表す「基本系」、風魔法など魔法の能力を示す「魔法系」、剣術、拳撃など戦闘技術の「武術系」、薬学や絵画芸術などの「学知系」、加護などその他の特殊な技能を表す「特殊系」の五つに分類される』

「僕は魔法系と武術系、学知系が未覚醒だから、まだスキルを使えないんですね？」

『そうだ。だが、素質はある。鍛えれば、すぐにでも多くのスキルが使えるようになるさ』

「ふむふむ……」

『スキルにはランクがあり、そのランクによってどれだけ技能に秀でているかわかる。ランクは誰でも一から始まり、スキルそのものに限界点は存在しない。つまり、スキルを育てる環境と本人の才能、時間さえあれば、スキルは無限に成長しうる、というわけだ』

今はまだ魔法が使えなくても、いずれ小説で読んだようなすごい魔法が使える。

そう思うと、僕のスキルへの関心は一層膨れ上がった。

「僕のスキルのランクは……これって、高いんでしょうか？」

僕が問いかけると、サダイが頷いた。

『最低ランクの一は、基礎を学べばたいていの人が習得できるな。その道で一人前と言われるのは六から七、十を超えると熟達者、それ以上はほとんど才覚に左右される。常人が届く範囲は、どのスキルでも十三が限界だろう……と言えば、わかるかな？』

要するに、僕はとんでもなく強い肉体を作るスキルを持たされているわけだ。神様が体を強くしておく、と言ってくれたけど、まさかこんなに付与してくれるなんて。

「そしたら、この『神の加護』というのは？」

『それも含め、特殊系のスキルだけは例外で、取得自体が非常に困難だ。血筋や突発的な発生によるところが多いし、生まれてから死ぬまで、同じランクであることが多いな。言うなれば、幸運であるか否か、だな』

なるほど。つまり今の僕は、意識していないながらも守護されているという認識でよさそうだ。幸運な人間が、その運の原理を理解していなくても、運がよくてなにかとラッキーな出来事に恵まれるのと同じだ……同じ、かな？

ちょっとこんがらがってきたから、スキルから話題を変えよう。

悲しいかな、僕の地頭なんてのは、まあ、こんなものなんだ。

「体力が十七万って、これも、多い方なの？」

『成人男性が五千、冒険者が一万五千、訓練された騎士や兵士が二万といったところだ。聖獣でも、体力は平均で二十万程度だから、生まれて間もないなら相当なものだろう』

「それはよかった……じゃあ、魔力は？」

体力が体のエネルギーを示すなら、魔力は魔法のエネルギーだ。ライトノベル程度の知識だけど、ほとんどの物事が当てはまっているから、これもきっと合致する。

そして大量に魔力があるのなら、魔法もほぼ無限に使える、はず。

『文字通り、お主の魔力は無尽蔵にある、という意味じゃよ』

やった。予想はドンピシャ、僕には無限と言っていいほどの魔法の源がある。

『じゃが、山ほど魔力があるからといって、魔法を永遠に使えるわけではないのじゃ。体力も必要になるからのう』

がっかり。そんなに簡単なものでもないか。

「体力？　魔法を使うのに、体力が必要なんですか？　というか、魔力と体力って関係しているんですか？」

『ああ。スキルを使うのに、体力は必須だ。炎を魔法とするなら、魔力は火花、体力は木だ。火花がなければそもそも火は起きない。木が弱々しく細ければ、火は木を燃やし尽くす。へろへろの体で無理に魔法を使えば、魔法はお前に牙を剥《む》くぞ』

どきり。サダイの補足説明を聞いて、期待がたちまち不安に変わった。

「……もしかして、体力がゼロになったら、死ぬんですか？」

恐る恐る聞いた僕を見て、オサとサダイは顔を見合わせ、微笑んだ。

『確かに怪我をしたり、病にかかったりして体に負担がかかれば、体力は減る。だが、ゼロになっただけでは死なんよ。そこからさらにダメージを受ければ、死ぬ時もあるが……トキヤ、お前のスキルのひとつ、「超体力」と「超回復」があれば、杞憂《きゆう》だな』

「そんなにすごいんですか、このスキル？」

『ざっくりと言うと、お前の怪我や病は人よりも何十倍も早く治る。山盛りの体力も、そのスキルのおかげと思っていいだろう』

サダイの言葉を聞いてホッとひと安心した。

ただ、理屈はなんだかよくわかるような、わからないような。

首を傾げる僕を見て、オサは笑った。

『神様の遣いとして生まれたお主じゃ。多くの恩恵を受けておるのじゃから、そう不安になる必要もあるまい。今持っている「時間魔法」は最たる例じゃよ』

オサに言われて、僕はやっと、神様とのやり取りを思い出した。

「時間魔法……神様が言ってました。僕にくれた魔法です」

『神様からの直々の賜りものとはのう。いやはや、驚いた』

ここまで話して、サダイは僕のステータスを手で払ってかき消した。本当はもっと見たかったけれど、ひと通り僕の話を聞いたサダイの顔は、少しだけ険しくなっていた。

サダイは憂いを含んだまなざしで僕を見つめてから、オサに耳打ちした。

『時を司る……神の加護……莫大な魔力……このトキヤこそ、オサが夢に見た……』

『……里を守護する者じゃな』

僕に聞こえないように、たぶん僕を慮《おもんぱか》ってひそひそと話していた二匹だったけど、やがてオサがのしのしと僕の方に歩いてきた。

そして、鼻を鳴らしながら言う。

『トキヤよ。お主さえよければじゃが、ここで魔法の使い方を学んでいかんか？』

「魔法の使い方、ですか？」

僕がオウム返しをすると、オサはしわしわの顔で笑った。

『お主は若い。外に出て、冒険のさなかに身を置きたい気持ちがあるかもしれん。じゃがの、なんの準備もしないままでは、宝の持ち腐れになろうて。聖獣達と共に暮らし、学んでゆくのがよいと思うての。もちろん、お主が望むのなら、じゃがな』

オサの言葉に嘘やごまかしはない。僕は自分の直感を間違いなく信じられた。

だけど、それ以前に、僕は自分を信じられていなかった。

元いた世界で、僕は特になにかを成し遂げた人間というわけではなかった。平々凡々な生き方をして、誰に覚えてもらうでもなく、ひっそりと世界の片隅で死んだ。それそのものに後悔や怒りがあるわけじゃない。あるとすれば、自分自身への落胆だ。

「……僕は、自分になにができるのか、わかりません」

正直に話す僕を、オサとサダイがジッと見つめていた。

「けど、転生する前は、誰かの笑顔を見るのが好きで……誰かの幸せをお手伝いできるなら、なにもいらないって思ってました。今もその気持ちは変わりません。そんな僕にできることを、やりたいことをしたいです」

なにをしたいか——具体的でなくとも、目的は決まっていた。

「ひとつだけわがままが許されるのなら……僕は、僕になにができるのかを知りたい。神様からもらった力も含めて、僕自身が皆と一緒に幸せになりたいって思います」

洞穴の中を沈黙が包んで、少しの間が空いた。

「……変、でしょうか」

おずおずと問いかけた僕に、オサはまた、ほっほっ、と笑った。

『おかしくなど、ちいともないとも。お主を歓迎するぞ、トキヤよ』

オサと同じように、サダイも微笑んでいるのを見て、僕はやっと肩の荷が下りた気分になった。たったひとつの望みを言うだけでこんなに疲れるなんて、思ってもみなかった。

とにもかくにも、当面の僕の目標は決まった。

この聖獣の里で、自分が何者であるかを知っていく。そして、なにができるかを学び、自分を強くしていく。そう考えると、僕はなんだかお腹の底からわくわく感を覚えた。

『さてと、では早速準備をしなければの。衣食住はウダイとサダイに任せるとして……話し相手が必要じゃな。ウダイや、シラユキをここに連れてきておくれ』

オサの蹄の音で、今度は銀色の蛇、ウダイが扉を開けた。

『かしこまりました』

ウダイは首だけで傅いて、するすると洞穴の外へと出ていった。

話し相手とは言っていたけど、ウダイやサダイとは、また違うのかな。それにシラユキ――日本語の『白雪』みたいな雰囲気なのも気になるね。

そんなことを考えているうち、今度は通路から、どたどたとなにかが駆けてくる音が聞こえてきた。ウダイは蛇だから、走ってもこんな音は出ないはずだけど。

顎に手をあてがって謎を解こうとしていると、答えは向こうからやってきた。

『――はーいっ！　オサ、シラユキを呼んだデスかーっ！』

素っ頓狂なほどの大声に振り向いた僕を迎えたのは、視界一面の真っ白な毛。

地面に倒れ込んだ僕は、最初、なにが起きたのかまるでわからなかった。

自分がどういう状況なのか、なにが僕に迫ってきたのかを知ったのは、もふもふの毛そのものがのそりと動き、僕の顔をぺろぺろと舐《な》め始めてからだった。

僕に飛びかかってきたのは――僕よりも大きな、純白のライオンだった。

(白いライオン⁉　というか、すっごいもふもふ……！)

光を反射するほど綺麗な姿もだけど、頬に、手足に当たるたてがみや毛並みの柔らかさに、僕は一瞬、虜《とりこ》になってしまった。一方でライオンはというと、まるで新しいおもちゃでも与えられたかのように、僕を舐め回してじゃれついてくるんだ。

『こ、こら、シラユキ！　オサの前だぞ！』

慌ててライオンを窘《たしな》めるサダイに対して、オサは朗らかに笑った。

『構わんよ、サダイ。トキヤ、彼女はシラユキ。お主のひとつ前に神樹から生まれた、この里では一番若い聖獣じゃ。きっと、お主のよい友達になるじゃろう』

彼女。つまり、シラユキは女の子なんだ。

あまりにも活発なライオンは、僕を起き上がらせると、きらきらと輝く瞳で見つめた。

『トキヤ！　シラユキ、トキヤのこと知ってるデス！　いきなりおっきくなったって、里の皆が噂してたデス！　よろしくデス、トキヤ！』

「よ、よろしく、シラユキ……さん？」

『シラユキ、でいーデスよ！　トキヤはシラユキの友達、だからフェアな関係デス！』

とても人懐っこい様子のシラユキは、僕の返事を待つまでもなく、尻尾を器用に使って僕を掴《つか》むと、自分の背中に乗せた。

自己紹介も、なにをするつもりかという疑問も、口に出す余裕はなかった。

『それよりもトキヤ、里の東にすっごくおっきな木の実がなる木があったデス！　さっそく行くデスよ、シラユキと一緒に食べるデースっ！』

なぜなら、シラユキがとんでもない速さで、洞穴の外へと駆け出したからだ。

当然、背中に僕を乗せたまま。

「え、ちょっと、うわあぁぁーっ！」

たてがみを必死に掴む僕がどうにか首を後ろに向けると、ウダイとサダイはやれやれといった調子で首を横に振り、オサは蹄を手のように振っていた。

だけど、その光景が見えたのも、ほんの数秒だけ。

僕はシラユキの背に乗っかったまま、たちまち里の皆の前に飛び出した。

驚く聖獣達の上を僕とシラユキは飛び越えた。すべてがスローモーションに感じて、一瞬が何分にも感じられる時間は、不思議と楽しく思えた。

だってこの時、僕は――笑っていたんだ。

だからこそ、今、僕ははっきりと確信して、こう言えるんだ。

――ここから始まるのは、僕の物語だ。

聖獣の里と、僕の新しい物語だ。

二章　黒い竜、語り合う時

僕が聖獣の里に生まれ落ちてから、五年の月日が流れた。

生きるために必要な力を身につけ、様々なことを学んでいるうちに長いようで短い、あっという間の五年間が過ぎていった。

「ふあぁ……」

今日もまた、いつもと変わらない朝を迎えた。

多くの聖獣は、里の洞穴で生活する。けど、僕は里の中でも神樹の次に大きな樹木の上に家を建てた。木材を組み合わせただけの梯子《はしご》と家だけど、里での生活の一年目に建てたにしては、我ながら堅固な造りだ。

ベッドはふかふかの葉っぱ、家具は木で作ったテーブルと椅子だけ。洞穴で暮らす聖獣からは、最初は変な目で見られたけど、今ではすっかり慣れてくれたみたいだ。

ちなみに、目を覚ました僕が着替えている服は、サダイが繕ってくれたものだ。

サダイは動きやすいシャツとズボン、靴を、人間の本を読んで覚えた裁縫で器用にこしらえてくれた。といっても、手をかざすだけで、物体を作り上げる無属性魔法『合成魔法』のスキルが作り上げてくれたんだけどね。

とにかく僕は、聖獣の里で不自由なく暮らしている。

「えっと、今日は昼まで修業をして、魔法の勉強は夕方から、と……」

もちろん僕ひとりの力で生きてこられたわけじゃない。

サダイの補助も含めて多くの聖獣——特に、僕の後ろから聞こえた、足音の主の恩恵は計り知れない。

「おはよう、シラユキ」

振り返った僕の視線の先には、純白の毛並みのライオンがいた。

『おはよーデス、トキヤ！　今から一緒に、里の東の端、滝の果てに行くデスよ！　本当に果てがあるのかどうか、確かめるデス！』

僕よりふた回りも大きな獅子《しし》は、大きな口を動かしてしゃべった。

彼女——シラユキとは、最高の友人と言ってもいい仲なんだ。

「うん、それじゃあいつも通り……よっと！」

僕がシラユキの背中に跨《また》がると、彼女は勢いよくツリーハウスから飛び出した。

高い樹木の上から宙を駆けるのも、もうすっかり慣れたものだ。

ふわりと地面に着地したシラユキは、僕を乗せて聖獣達の間を駆け抜けていく。摩訶不思議《まかふしぎ》な見た目をしている彼ら、彼女らとも、今ではすっかり見知った仲だ。

いつでも穏やかで、それでいて快活で理知的。慈しみに満ちていて、互いに助け合う。他の

生物よりも秀でている点をひけらかさない聖獣は、まさしく高潔な生き物だと僕は五年の間で学んだ。

『トキヤ、今日はどこに行くんだー？』

『シラユキも、相変わらず元気だな！　怪我だけは気をつけろよ！』

腕が四本ある恐竜、頭が鳥の虎。その他諸々、聖獣の見た目は本当に不思議だけど、誰もが優しく僕に接してくれる。それこそ、神樹のこぶから生まれた時の、僕を見る奇異と恐れに満ちた目線が、今じゃ嘘のように思えるほどにね。

「はい、東にある滝までです！　いってきます！」

笑って返事をする僕を乗せて、シラユキは聖獣達の住まう、神樹の辺りを抜けてゆく。

今の僕の年齢は、いきなり成長した分も加味して十二歳。五年間で、シラユキの上に乗っても振動をまるで苦に感じないほど、僕は成長していた。

（最初はシラユキの背中に乗ると、いつ死ぬかわからないほど振り回されてたなあ。こうして振り落とされなくなったのも、里で体力をつけたおかげだね）

僕が思い返す通り、里で体力をつける機会が多かったのも理由のひとつ。

神様が、僕を強靭《きょうじん》な体で転生させてくれたのも、理由のひとつ。

だけど、一番大きな理由を、僕は知っている。

（ううん、というより――すべては『時間魔法』のおかげかな）

そう、神様の最大の贈り物『時間魔法』。

里での生活が始まって間もない頃、僕は正直なところ、なにをすればいいのかわからなかった。スキルを成長させるだとか、魔法を学ぶだとか、やりたいことは山ほどあったのに、なにから手をつければいいのかさっぱりだった。

だけど、不思議なことに、『時間魔法』がどんな魔法であるか、どんな効果をもたらしてくれるのか、基礎的な使い方を含めて、それだけははっきりと理解できていた。まるで、最初から脳に刻みつけられているように。

(これを使うことを意識し始めてから、僕の能力は段違いに上昇したんだ)

思い返せば、僕はこの魔法に、何度も助けられてきた。

なんたって時間魔法のおかげで、僕は多くの物事を学び、たくさんの力をつけられたんだから。

最初にその効果を実感したのは、里の書庫に案内された時だ。

※　※　※

「すごい……里の中に、こんな大きな書庫があるなんて！」

僕の目の前に広がるのは、本棚が無数に連なり、広がる、魔法の書庫だった。

聖獣の里はさほど広くはないのに、聖獣達が住まう洞穴はたくさんあって、どれもとても広い。サダイが言うには、空間を操るスキルで広げているんだって。

特に洞穴の奥にある書庫は、そこだけで里と同じか、それ以上の面積があった。きっと、空間の中にもうひとつ、別の空間を作る魔法かなにかを使っているんだろう、と僕は思った。

まあ、こんな思考ができるのは元いた世界で読んだ小説の受け売りなんだけどね。

『ここは大陸中の書物が揃《そろ》う、里の知恵そのものだよ』

本を手に取る前からわくわくしている僕に、司書らしい梟《ふくろう》の聖獣が近寄ってきた。

『歴史の一部を封印した本のように、危険な文献もあるけどね。魔法やスキルについて学びたいなら、ここに引きこもるのが一番さ』

「そんなに本があるんだ……全部の本を読み終えた聖獣はいるの？」

『ははは、無理無理。私は数百年、ここの管理をしているけど、まだ半分も読み終えていないんだから。トキヤが一生を費やしても、きっと一割も読み終えられないよ』

梟の聖獣はけらけらと笑いながら、長椅子に座った僕の隣に本を山ほど積んだ。

『はい、欲しがってた「魔法基礎学」全巻だよ。読みたい本があれば、私に声をかけてね』

「ありがとうございます」

ばさばさとすぐ近くの椅子に飛んでいった聖獣を眺めてから、僕は背丈ほどの高さに積まれた本を見つめた。これはどれも、『一度読んでみたい』とウダイにお願いして集めてもらった本だ。読み終えるまでに間違いなく、ひと月はかかるに違いない。

――あくまで普通に読むなら、の話だけどね。

（確かに、すごく分厚い本だな。でも、もしも読み終えるまでの時間だけを加速して、結果が残っていれば……うん、試してみる価値はあるかも！）

僕はこの時、もう時間魔法がどんなものであるか、どんな使い方ができるかを知っていた。

だから、掌をかざして念じるだけで発動させられるとも、ね。

手の甲に刻まれた時計型の紋章が淡く輝き、青白い光がほんのりと掌を包む。

「――『アクセル』」

そして、僕の呟《つぶや》きに従い――魔法は発動した。

きらきらと煌めく光が辺りを包むだとか、僕の全身をものすごいオーラが包むだとか、そんなことは起きない。代わりに、僕が本を手にして、読み始めた途端に変化は起きた。

目に留まらないほどの速さで、本がめくれ始めたんだ。

もちろん、ただめくれているんじゃない。正確に言えば、僕は今、めくれてゆくすべてのページを普通に読んでいる。本の端まで進み、裏表紙を閉じたら、もう一度さっきと同じ速さで冒頭からページが進んでいく。

傍から見れば脳の処理が追いつかない速さで、何度も何度も本は閉じ、開きを繰り返す。けど、それらすべてのページを僕はすべてしっかりと読み、頭に焼きつけている。

そう。僕が使える時間魔法は、時を加速させる『アクセル』と時を巻き戻す『リワインド』。

そのうち『アクセル』は、物質そのものの時間や行動の速度を早送りにできる。

自分だけが時間内の出来事を普通に認識しながら、何十、何百倍も時間を速められる。

加速した足での移動は瞬間移動に見え、鮮度を加速された果物は瞬時に腐る。加速された世界の中で、僕はそれを認識して、経験値として取り込める。

ちなみに今、こうして本を読み進めているのも、魔法の応用だね。

本を渡されてから一分もしない間に、すべての本を最低でも五百回は読めた。僕自身、頭がいいとは思っていないけど、これだけ読めば嫌でも内容は覚えられるよ。

あと、最初に試した時は、早送りと巻き戻しを繰り返すとタイム・パラドックス的なリスクが生じるんじゃないかと思ったけれど、そんなことは起きなかった。自分に害がない、おまけに経験値が溜《た》まり続けると知ってからは、使わない手はなかったね。

というわけで、魔法の基礎、学習完了。

ぽん、と本を閉じると、梟の聖獣が僕のところに飛んできた。

『あれれ、もう飽きちゃったの？　まあ、難しい本だし、ゆっくり読めばいいよ』

「いいえ、読み終わりました」

僕がそう言うと、聖獣はふふ、と軽く鼻で笑った。

『……またまた、冗談。これだけの量、私でも読むのに五日はかかるよ？』

「本当ですよ。次の本も、同じくらいの時間で読んでみせます。『魔法応用学』を全巻、持ってきてもらっていいですか?」

『まあ、そう言うなら……』

梟の聖獣は少しだけ僕を疑った調子で、ばさばさと書庫の中を飛んでいった。

しばらく僕の前と書庫の本棚を行き来して、今度は先ほど用意された本の、倍の数を置いた。

聖獣がふう、と疲れた息を漏らすほどの量だ。

『今度はさっきの倍近い巻数だよ。で、もし本当に理解した上で読めるのなら、私の前でぜひともやって見せてほしいな』

できるものならば、と言われている気がした。

だったら、やってみせよう。もっとたくさんの本を、読ませてもらえるかもしれないしね。

「――『アクセル』」

僕は聖獣の目の前で、時間魔法を使った。さっきよりもずっと速く、一冊につき今度も五百回。ただし、速度は倍だから、基礎編よりも二倍の量が読める。

『は、速っ……!』

情報を頭の中に蓄積していく僕の隣で、梟の聖獣が目を丸くしている。確かに、目の前で積み重ねられた本がどんどん読み終えたものとして僕の隣に積まれていくのは、ちょっと怖い光景かも。

そんなことを考えているうち、僕は最後の本を閉じた。

応用編というだけあって、内容は複雑だ。知識の吸収はできても実践ができないと、魔法スキルの会得は難しそうだな、というのが僕の意見だ。

「ふう……読み終わりました。あらかた知識としては取り入れられました。といっても、魔法を使うには実践が必要ですし、他の本も読まないといけないですけど……」

『ほ、本当に？　試してもいいかい？』

司書の問いかけに、僕は頷いた。

『じゃあ、魔力の体内循環と魔法の放出に一番適した部位とその理由を、教えて？』

少し前まではちっとも理解できなかったはずの言葉の羅列が、今は五十音を上から聞くかのように、すんなりと頭の中に入ってきた。もちろん、それに対する答えも。

さらさらと解答する僕を見つめ、聖獣は体を震わせていた。

ちょっと大変な魔法を見せちゃったかな、と思ったけど、そうじゃなかった。

『……こりゃあ、おもしろい！　本ならどんどん持ってくるよ、好きなだけ読んでくれ！』

司書としてのなにかを刺激しちゃったのか、梟の聖獣はとんでもなく喜んだ調子で、これまたあっという間に、さっきよりもずっと多くの本を持ってきてくれた。

どうやら、ここまで速く、なおかつたくさんの本を読むのは、聖獣でもいなかったみたい。

後で聞くと、『一日に読める本の限界を知りたかった』とか、なんとか。

どちらにしても、僕としてはとても助かった。

（時間魔法のおかげで、魔法についても、この世界の地理や気候についても大方学べた。一年の日数や時間、使う数字が僕のいた世界に似ているのはありがたいな）

なんせ、魔法だけじゃなくて、地理関連——生活に必要な情報も知れたからね。

知りえた情報の中で、特に大事だったのは、こんな感じ。

一、聖獣の里があるのは、国境になるほど巨大ないくつもの運河によって分断されているアルカヴィア大陸の中の、最も巨大な領土を誇るリンドガム永世王国。かつて大陸全土を脅かす、人間と亜人、魔獣が争った『三種族戦争』が発生したけど、聖獣達が戦争を収めて以来、現在、大規模な戦争は起きていない。
二、魔獣は、人的被害を及ぼすケースが多い、乱暴な怪物として扱われている。亜人として生息するのは、主に獣耳の獣人や耳長で長寿のエルフ、他種族を見下し爆発的な魔力と独自の魔法文化を持つデビル、遥か遠くの雪山に住み、滅多なことでは人前に姿を見せない魔法鍛冶《かじ》のエキスパートのドワーフ。

聖獣は、これらの生物とは一線を画する神話的な存在であり、おとぎ話として語り継がれている。寿命が何百年もあって、リンドガム永世王国北部に連なる山々の奥、未開の地である『禁断の山』のさらに奥にある聖地、聖獣の里に住んでいる（このあたりは、ウダイやサダイから話を聞いて、すっかり覚えちゃった)。

三、暦は十三カ月で一年、一カ月が二十九日、一日が二十二時間。太陰暦に近しい点があるが、閏年《うるう》、閏月は存在しない。年号はリンドガム永世王国では聖暦を用いている。僕が聖獣の里に来た時点では、こちらの世界の人間が言うところの聖暦一三〇八年。聖獣は人間が文明を作るよりずっと前から存在していたみたい。国や地方によって使用する暦は違っていて、聖霊の名を借りて月日を読む地域もある。

——以上が、かいつまんだ説明。

里で暮らす分にはまったく不便しなかったけど、聖獣達に里の外の国や土地に触れた書物を読ませてもらえないのと、『三種族戦争』以外の歴史を学ばせてもらえないのが僕は少しだけ気になった。司書の聖獣曰く『聖獣は外の世界には、ほぼ干渉しない』とのこと。

まあ、それもすぐに気にならなくなった。なんせ僕は、今度は魔法の実践とスキルの習得に夢中になっちゃったんだ。

ただ、こればっかりは相当苦労した。

里の西側にある草原で、僕はシラユキとサダイに連れられ、魔法を実践することになった。しっかりと説明してからやってみようと、ここに来る前に話していたんだけど。

『魔法？　魔法なんて簡単デス！　頭で強く念じて、ドーンってして、パーっと光らせたら、あとはチュドドーンってなるデス！　トキヤもすぐ使えるようになるデス！』

到着すると、こんな調子だ。

（わかるような、わからないような……？）

首を傾げる僕の肩を、サダイが叩いた。

『トキヤ、ここは里の中でも自分の魔力を感知しやすい特殊な草が生えた場所だ。魔法も発動しやすいし、シラユキの言う通り、まずは学んだ通りにやってみるといい』

「う、うん……」

そうだ。まずはやってみないと、なにも始まらない。

練習用に並べた巻き藁《わら》に掌をかざす。血流のように全身に行き渡る魔力を、掌に集中させるようにイメージする。そう、魔法を使うのに大事なのは、イメージだ。

小さな火を、掌から出す想像。それを心の中で唱える呪文と混ぜ合わせ、実際に放出する。呪文があいまいでも、イメージがてきとうでも失敗する。

僕は小さく息を吸い、想像力を膨らませ――。

「火魔法『リトルバーン』！」

呪文を詠み上げげた。

『わわっ⁉　火が強すぎるデス！』

その途端、僕の掌から自分ですら熱いと思ってしまうほどの炎が噴き出した。ガスコンロに油をぶちまけたような大きさの炎は、巻き藁をたちまち焼き尽くしてしまった。

魔法は発動したけど、僕は失敗だと確信した。呪文の詠唱はうまくいったものの、魔力の放出の調整で失敗している。無限、とも言われた大きすぎる魔力を、僕自身が制御できていない証拠だ。

『制御がうまくいっていないな……巻き藁が黒焦げになったし、場所を変えようか』

凄《すさ》まじい炎の惨状を見たサダイがそう言ったけど、その必要はない。

「大丈夫だよ、サダイ。全部巻き戻して、もう一度やり直してみる！」

僕にはひとつだけ、完全に制御できる魔法がある。そう、時間魔法がね。

「──『リワインド』！」

時計の紋章を光らせて、僕が掌をもう一度かざすと、真っ黒な巻き藁がたちまち元の色を取り戻した。まるで、起きた物事を逆再生するように、草原も元に戻っていった。

『あ、あれれ？　巻き藁が、足元が元通りになってるデス！』

『……驚いたな。時間魔法で、巻き藁が破壊される前に巻き戻したのか？』

目を丸くするサダイの問いに、僕は答えた。

「僕の経験と皆の記憶をそのままに、辺りの時間だけを魔法を使う前に戻したんだ。こうすれば、何十回でも、何百回でも練習できるからね」

加速する魔法『アクセル』とは逆に、『リワインド』は時間を戻す。起きた事象をなかったことにできる。今みたいに、巻き藁を破壊しても、僕の魔力が続く限り何度でも使い回せる。

『アクセル』と同様に、時間魔法はどちらも使いようによってはとんでもない悪用ができてしまう。偶然でもそうならないように、僕は自分を強く律した。

まだ試してはいないけど、昼を夜に戻して、夜を昼に戻すなんて芸当も、いずれはできるようになるのかな。そこまでできたなら、もう神様みたいで怖いけど。

ちなみに、死んだものを蘇《よみがえ》らせることはできなかった。一度死んだ小動物に『リワインド』を使ってみたけど、ぴくりとも動かなかった。

『すごいデス、すっごいデス！　じゃあトキヤ、シラユキがおやつを食べてから「リワインド」を使ったら、また食べられるデスか⁉』

「たぶん、できるけど……お腹は膨れないよ？」

『そうデスか、残念デース……』

がっかりするシラユキの隣で、僕の魔法を見たサダイは感心していた。

『シラユキは置いといて、この調子ならすぐに魔法は熟達するだろう。私も魔法スキルには自信がある方だが……私などじきに、足元にも及ばなくなるかもしれない。将来が楽しみだな、トキヤ』

※　※　※

サダイの言う通り、僕の魔法スキル――いや、ほとんどのスキルはめきめきと上達した。

薬学や地理学も、巻き戻しと加速を使って、人よりもずっと早く多く学べた。魔法はシラユキやサダイ、ウダイ、他の聖獣達に教えてもらいながら習得できた。いくつもの属性、能力のある魔法をね。

（――とにもかくにも、僕は魔法を学べた。その過程で体力もついたし、異世界で生きていくには問題ないくらいには成長した、と思っていいかな）

そんなこんなで、五年の月日が流れた、というわけ。

武術系だけは使う聖獣がまるでいなかったから、スキルを実践する機会がなかった。それだけは、ちょっと残念かな。

でも、その点を差し引いても、思い返したこの五年間はとても充実していたよ。

『トキヤ、どうしたデス？　さっきからずっと、ボーっとしてるデスよ？』

僕が懐かしさに浸っていると、疾走するシラユキが声をかけてきた。

「え？　ああ、ごめんね。ちょっと、昔のことを思い出してたんだ」

『昔って、トキヤはまだ生まれて五年デスよ？　ちょうど三百五歳のシラユキからは――』

その時だった。

突然、僕達の視界を遮るように、とてつもない勢いの突風が吹き荒れた。

「うわあああぁっ⁉」

あまりの強風に、道端の木々が曲がり、石が飛んでいく。聖獣として強い肉体を持つはずのシラユキが足を止めたのだから、僕は彼女のたてがみにしがみつくので必死だった。

『なんデスか⁉　いきなりすっごい風が、ビュビューンって……！』

なにが起きたのか。

僕のシンプルな疑問は、たちまち別の問いに変わった。

なにが、じゃない。誰が起こしたのか、だ。

『――フン。コイツが、神樹から生まれた人間のガキか』

そして、その答えは、はためく翼の音と冷たい声、眼前の黒い影が告げた。

シラユキに掴まる僕が見たのは、聖獣の里ですら一度も見たことがないものだった。

「黒い……竜……⁉」

それは、黒い竜。

僕やシラユキよりもずっと巨大で、全身が真っ黒な竜だ。耳元に一対の長い角を携え、長く太い牙を生やし、ツリーハウスほどもある大きな翼をはためかせている。金色の瞳がこちらを睨《にら》んでいるというのに、僕は一種の神々しさすら感じていた。

里にいる以上、聖獣であるのは間違いない。だけど、五年もここに住み続けて、僕はこんな聖獣を、そもそも竜という種族を見たことがない。

（……『鑑定』、発動！）

ほとんど反射的に、僕は心の中で念じて、『鑑定魔法』のスキルを発動させた。

サダイが使っていたスキルで、物事の本質を暴き出す。彼ほど突出したスキルにはならなかったけど、対象がどんな能力の持ち主なのかくらいは僕も暴き出せた。

ただ、地面に降り立った黒竜のステータスが瞳の中に映し出された時、ぞっとした。

なぜなら、黒い竜のステータスは、僕やシラユキよりも圧倒的に高かったからだ。魔力ではもちろん僕が勝っているけど、そういう問題じゃない。

（……すごい力だ……今まで見たどの聖獣よりも、体力と魔力がずば抜けてる！）

言うなれば、戦闘力。平和な聖獣の里には似つかわしくない、暴力的と言えるほどの。

それを、とんでもない技量でこの黒竜は持っている。魔法スキルも、武術スキルも、軒並みランクは二十を上回っている。熟達、なんて言葉では言い表せない。

（使える魔法も段違いで……断言できる！　ここで戦ったなら、僕達は勝てない！）

圧倒的な実力の差に、平和に身を委ねていた僕は身構えるのも忘れていた。

一方で、シラユキは驚きをいつもの人懐っこさに変えてしまっていた。

『ユージーン、ユージーンじゃないデスか！　シラユキとトキヤに、会いに来たデスか？』

シラユキがユージーン、と呼んだ黒竜は、ばつが悪そうに顔をしかめた。

どうやら、二匹は顔なじみか、それ以上の関係らしい。シラユキが信用している相手だと思うと、僕の不安も少しは和らいだ。

『そんなわけねえだろ、バカが。近頃、嫌でもこのガキの噂《うわさ》が耳に入ってくるからな。どんなもんか、一度見に来てやったんだよ』

「……あなたも、聖獣なんですか？」

『はっ、そりゃそうだろ？　俺が魔獣か人間にでも見えるか？』

僕の問いに嘲笑で答えたユージーンは、明らかに僕を小バカにしているようだった。

『それにしても、俺にはコイツがオサに認められるような奴には見えねえな。俺が降りてきただけで吹っ飛ばされるような貧弱な奴に、なにができるってんだ、あァ？』

ユージーンの言い分は、僕にとってさほど嫌なものじゃなかった。実際、体力がついてきたといっても、体が鍛えられているかとは話が別だ。僕がいわゆる「ヒョロガリ」だと指摘されれば、ちっとも否定できない。

まるで、ユージーンは僕に、もっと力をつけろと忠告しているようだった。

シラユキも彼を信用しているみたいだし、もしかすると――。

『――それ以上トキヤに近づくな、ユージーン！』

そんな僕の思考は、突如として現れた蛇と猿の聖獣に遮られた。

「ウダイ、サダイ！」

僕に魔法を教え、里について語ってくれるいつもの雰囲気じゃない。

彼らは明らかに目の前の黒竜、ユージーンを敵視している。それこそ、ウダイは瞳に赤い炎を、サダイは両手に魔法で発生させた攻撃的な光を灯しているくらいだ。

『下がっていなさい、トキヤ、シラユキ。この男は危険だ』

ウダイの言葉を聞いて、ユージーンは鼻で笑った。

『オサの小間使いか。安心しろよ、ちょっかいをかけに来てやっただけだ。そうすりゃ、お前らみたいな奴らのアホ面が楽しめるだろ？　平和ボケした奴らの間抜けな顔ほど、楽しいもんはねえからな』

『なにを……人を殺めた聖獣ののけ者が、トキヤに関わるんじゃあない！』

僕は信じられなかった。オサやウダイ、サダイによると、聖獣は人間を殺めない。神の遣いとしての誇りを持ち、無益な殺生を行わないはずだ。

なのに、このユージーンは人間を殺したというじゃないか。

ぴんと張り詰めた空気は、いつ緊張の糸が切れてもおかしくなかった。ウダイとサダイがユージーンに向けて魔法を放つのも、時間の問題だと思われた。

ただ、シラユキだけはいつもの調子で首を傾げている。

『そうデスか？　シラユキはもっと、楽しいことを知ってるデス！　木の実を食べるのも楽しいし、聖獣の皆との追いかけっこも楽しいデス！』

その様子が、今回ばかりは功を奏したみたいだ。

『……ああ、そうかよ。ったく、調子が狂うだろうが』

ユージーンは毒気を抜かれたような声で、ため息をつく。

本当はもっと言いたいことがあった、とでも言いたげな表情で、だけど氷よりも冷たい目で僕達を睨みながら、ユージーンは空高く飛び上がる。

『ガキ共、バカな聖獣と一緒に、せいぜいボケた生活でも送ってろ。『三種族戦争』がもう一度起きた時に、なにもできないさまが楽しみだぜ』

そして、旋風を巻き起こしながらどこかへと飛び去ってしまった。

僕は、警戒を解こうとしないウダイ達の傍で、黒い影が遠ざかるのをただ見つめるばかりだった。なにが起きたのか、彼が何者なのか、頭の中の疑問は尽きない。

「行っちゃった……サダイ、あの竜は誰？　僕、一度も見たことないよ」

僕が聞いても、サダイは苦虫を噛《か》み潰したような顔でまだ空を睨み続けている。

『……ユージーン。聖獣の異端者だ』

「異端者……？」

僕は初めて、聖獣がなにかを嫌っている顔を見た。

ユージーンを僕がこれまで見なかった理由が、わかった気がする。


それから僕は、シラユキと一緒にオサの洞穴に連れていかれた。

隣にウダイとサダイを携えたオサは、二匹の報せを聞いて少しだけ顔のしわを深くしている。どこか神妙な長老の面持ちを僕は今まで見たことがない。

ざわざわと話し合ってから、三匹の里の重鎮は小さく頷く。そして、僕とシラユキの方に歩み寄ってから、いつもよりずっと真剣な顔で言った。

『トキヤ、「三種族戦争」について知っているか？』

今のウダイみたいに歴史についての話を聖獣がするのも、初めてだ。

いつもは『聖獣は人の歴史に深く関わらない』『歴史は人間と亜人、魔獣……聖獣以外の生命が作るのだ』と言う彼らが、僕に歴史を問いかけてきた。

それはつまり、事情を話さなければならないくらいの因縁がある証拠だ。

「……うん。何百年も前に起きた、人間と亜人、魔獣の戦争だよね」

『そうだ。各種族が覇権をめぐって、大陸全土を埋め尽くす戦火をもたらした戦争だ。土地は荒廃し、多くの種族が絶えた。このままではこの世界が滅びると、我々聖獣が介入し、ようやく止められたほどの陰惨な大戦争だ』

「それとユージーンに、どんな関係があるの？」

僕がそう聞くと、ウダイは一瞬だけ答えるのをためらった。

だけど、サダイと顔を見合わせて、静かに口を開く。

『……私やサダイ、まだ生まれたばかりだったシラユキ、他の聖獣は己の力を示して、人間や魔獣を慄《おのの》かせた。恐れの力は、ただ示すだけで戦意を削ぐ。なおも抵抗するなら、戦いに使う武器や魔力を封じた。そうするだけで、戦いは終わるはずだった』

そこまでは、僕も知っている。でも、そこから先は知らなかった。

『しかし、ユージーンはそうしなかった。奴は聖獣達の中でただひとりだけ、他の種族を殺戮《さつりく》した。戦いができなくなるまで、一国を滅ぼすほどの数の命を奴は奪ったのだ……それで、奴には渾名《あだな》がついた。阿鼻叫喚の煉獄《れんごく》を統べる魔王にも似た竜、「獄王竜」とな』

聖獣が人を殺した。しかも、ひとつの国の命が途絶えるほどの数を。

僕の知る限り、聖獣は誰もが優しい。多少なりとも自分勝手な聖獣もいるけど、根本にあるのは思いやりと慈しみの心だ。だからこそ、聖なる獣として神に遣わされるんだ。

その聖獣が、たくさんの命を殺めた。食うでもなんでもなく、殺す必要のない状況でとなれば、ウダイ達が忌み嫌うのもわかってしまう。

『聖獣が人間や亜人を殺したなんて、初めて聞いたデス！　ユージーンがそんなことするなんて、信じられないデスよ！』

シラユキも僕と同様に、ユージーンの所業を聞いていなかったみたいだ。

特に彼女は、彼の存在を知っていただけにショックは大きいだろう。

『里の中で奴を快く思っていない者は多いからな。誰も話したがらないのだ。というより、奴に普通に話しかけられるのはお前くらいなものだぞ、シラユキよ』

『ユージーン、てっきりひとりが好きなだけだと思ってたデス……』

『とにかく、奴に関わるな。大方、オサや私達から気にかけてもらっているトキヤが気に食わなくて、ちょっかいをかけにきただけだ』

『……あの子はただ、不器用なだけじゃよ』

そう言うオサの声は、どこか悲しげだ。

『だが、いつ手を出すかもわかりません。トキヤを奴と関わらせないのが吉でしょう』

僕の肩に手を置いたサダイと、悲しげな目で見つめるウダイの言い分は、きっと正しい。

ただ、聖獣の除け者の話を聞いた僕は、「それならば彼には近寄らないでおこう」とは思えなかった。そんな単純な話じゃないと、心の中の僕が言っていた。

（……本当に、そうなのかな。僕達は誰も、本当の理由を知らないだけなんじゃないかな）

オサ達は、きっと嘘を言っていない。けど、真実でもない。きっと、ユージーンが戦争で人を殺したのには、別の理由がある。

奇妙な確信があった僕は、踵を返して洞穴の出口へと歩き出した。

『どこに行くんだ、トキヤ？』

「ちょっと、書庫に行ってくる。気になることがあるんだ」

『待つデス！　シラユキもついてくデスよ！』

シラユキが後ろからついてくるのを、オサもウダイ達も止めなかった。

（もしも本当に僕が気に食わないなら、どうして手を出さなかったんだ？　人間をたくさん殺めたのに、僕にはちょっかいをかけただけ？）

僕の中に渦巻いていたのは、ユージーンの行動に対する謎だった。

彼は僕を嘲笑っていたし、ウダイ達を挑発していた。それ自体は間違いなくよくない行動なんだけど、人間を殺すほど邪悪な行いではない。

つまり、ユージーンがわざわざ僕の前に来たのは——なにか、伝えたいことがあったからだ。ウダイやサダイが来なければ、話していたなにかがあるはずだ。

『トキヤ……シラユキ、ユージーンが悪者に見えないデス。何度か話したことがあるデスけど、ユージーンは怒っても、悪いことはしなかったデス！』

「うん、僕もそう思う。きっと彼が僕に会いに来たのには別の理由があるんだ」

シラユキの言葉に頷きながら、僕はユージーンが去っていった時の光景を思い出した。

（それに——彼の背中は、なんだか寂しそうだった）

飛び去る時、ユージーンは少しだけこちらを振り返った——気がした。

あの顔を、冷たさの中になにかが残る瞳を見たなら、僕はただ、聖獣達の言葉に従っているだけではいられない。たとえウダイ達の勧めが善意であったとしても、これが初めての悪事になるとしても、僕はやらなきゃいけない。

本当の優しさを知るために。彼を、彼の行動の理由を知る必要があるんだ。

僕がユージーンのもとに出向いたのは、それから三日後だった。

梟の聖獣に頼み込んで読ませてもらった本のおかげで、必要な情報は集められた。戦争の陰惨な歴史を集めた本は、聖獣達が読みたがらないようで、他の本よりずっと古ぼけていた。でも、そこには確かに必要な事実が記されていた。

ユージーンの棲《す》み処《か》をシラユキが知っていたから、彼に会いに行くのはさほど難しくなかった。もっとも、聖獣の里の端の端、岩だらけの切り立った崖は、彼女の手伝いがないときっとひとりじゃ行けなかったかもね。

とにかく、聖獣達が寝静まった満月の夜、僕はシラユキと一緒にユージーンが住まう崖の上の洞穴辺りまで来た。そこはひどく静かで、里とは違う雰囲気を醸し出している。

『……着いたデス。ここが、ユージーンの棲み処デスよ』

シラユキの背から降りた僕は、どこか不安げな彼女の毛並みを撫《な》でた。

「ありがとう、シラユキ。じゃあ、行ってくるよ」

僕は彼女に背を向けて、洞穴の中へと入っていった。

中はオサの洞穴と違って、明かりひとつない、殺風景な場所だった。月の光すら入ってこない暗闇で、目を凝らしても足元も見えやしない。

さすがに転んで怪我をしてしまうと思って、僕は火属性の魔法を使った。小さく魔法の名を呟き、小さな火を指先に灯した。洞窟を照らすなら、これくらいで十分だ。

そう思い、ユージーンのもとに辿《たど》り着くために足を踏み出そうとした——。

『……なんの用だ、クソガキ』

その途端に声をかけられ、心臓が止まるかと思った。

声のした方を見ると、ユージーンが僕の目の前に鎮座していた。

いったいいつから。どうして気づかなかったんだ。こんな鋭い殺気と視線、怒りにも似た邪気をまとった黒竜の存在を、洞穴が暗いだけで悟れないのか。

頭の中で疑問が渦巻いたけど、すぐに大事なのはそこじゃないと思った。

小さく息を吸い込んで、大きく吐いて、僕はどうにか冷静さを取り戻しながら言う。

「いきなり来ても、怒らないんだね」

ユージーンはぎろりと僕を睨んで、顔を近づけてきた。

『怒ってほしいのか？　その小せえ頭を尻尾で叩き潰してやれば、満足するか？』

「帰れ、とも言わないんだね」

『わざわざウダイ達が近寄るな、って警告してるのに、こんな里の端まで来た理由くらいは聞いてやる。お前をシラユキと一緒に突き返すのは、その後だ』

大きな声で唸《うな》りはするけど、僕を食い殺しはしない。炎を吐きもしない。

僕は確信した。やっぱりユージーンは僕に話したいことがあるんだ、って。

だったら、僕も自分の想いを伝えないと。

「……『三種族戦争』についての本を、書庫で全部読んできたよ」

ユージーンの金色の目が、わずかに見開いた。

オサの洞穴で話を聞いてから、僕が書庫で読み漁《あさ》った本は、『三種族戦争』についての書物だ。どれだけ恐ろしい戦争で、どれだけ聖獣が活躍したかを記した本を読んだと伝えると、彼は嘲るように熱い息を吐いた。

『はっ、見え透いた嘘ついてんじゃねえ。あの戦争は百三十年続いたんだぞ。戦争について記した本をあの聖獣どもが持ってるとして、たった一日、二日で読めるわけがねえだろ』

「読んだよ。僕の魔法スキルを使えば、読めるんだ」

僕がスキルについて話すと、ユージーンの目が今度は細くなった。

『……時間魔法、ってやつか。まあいい。で、戦争の感想でも言いに来たのか？』

「違うよ。ユージーンの真意を確かめに来たんだ」

さて、ユージーンに話を聞いてもらう下準備はできた。

君のことを知りたい。もっと、君の話を聞きたい。あの時の理由と、今の気持ちを——彼が聖獣に嫌われてなお、なぜ僕のもとを訪ねたのか、その真意を。

想いを心の中にギュッと詰め込んで、僕はジッとユージーンの目を見つめて言った。

「ユージーンが人間を殺したのは——そうしないと、戦争が終わらなかったからだろう？」

『……！』

彼の瞳が、刃の如く鋭くなった。

僕を食い殺しかねないほどの邪気が辺りを包む。だけどそれは、僕に向けられたものじゃない。なにかを見抜かれた動揺なんだって、はっきりとわかった。

それに、僕だって、ただ彼を動揺させるはったりを言ったわけじゃない。

「本で読んだことしかわからないけど、聖獣達が力をどれだけ使っても、戦争は手遅れになるところまで来てた。きっと、どの陣営も聖獣どころか、大陸もろとも破壊するような兵器の開発に着手していたんじゃないかな」

『……どうしてわかる？　書物には書いてなかっただろ』

「その予想に行き着くくらいの量の本は、読んだつもりだよ」

梟の聖獣が読ませてくれた書物には、戦争の詳細が記されていなかった。あるのはただ、戦争の醜さと聖獣の誇らしさを書き残した自伝のようなものばかりだった。

けど、その奥に秘めた戦争の陰惨さを、僕はなんとなくだけど察した。

「力を誇示しても、間接的に戦争を妨害しても終わらない。だったらどうするか――直接的に破壊するしかない。誰かが、泥をかぶってでもやるしかない。ユージーン、君が他の種族を殺したのは、他の聖獣の代わりに戦争を止めるためだったからだと思ったんだ」

果たしてユージーンは、聖獣としての務めを真に全うした。

両手の爪が、漆黒の鱗が血で汚れても。他の聖獣達から粗野だ、野蛮だと罵られても。

そのせいで孤独になるんだと知っていても、ユージーンはやり遂げる必要があった。それこそが聖獣としてなすべきことなんだって、苦しくても理解していたんだ。

『くだらねえ。ガキの戯言だ、聞いて損したぜ……』

そんな僕の主張を、ユージーンは一蹴した。

――しようとした。

『……クソッ』

けど、彼は悪態をつきながら僕に向き合ってくれた。

『聖獣どもは世界が平和だと思い込んでやがる。「三種族戦争」が終わって三百年が経って、誰も戦争なんて起こさねえって達観してボケてやがる』

諦めからでもないし、怒りからでもない。

ユージーンの本心を僕は今、やっと聞けた。

『そんなはずがねえだろ。人間や亜人はいつでも、聖獣までも倒せるような武器を考え続けてる。魔獣は力を蓄えて、他の生き物を喰《く》らい尽くすことばかり考えてんだぞ』

僕は今度こそ心から思った。ユージーンの本質は真の優しさなんだって。

「じゃあ、やっぱりユージーンが……」

『俺はな、里の守護者になる奴が転生したって聞いたから里に行ったんだよ。神の加護を得た奴がいるってな……ところがだ、聖獣達はそんな才能の塊を抱えて、呑気にしてやがる。力がなきゃなにを守れる？　里のことしか知らねぇのに、どうやって外の脅威を知るんだ？』

ここまで聞いて、やっと理解した。

ユージーンは、僕に期待してくれていたんだ。

『戦争をしろ、って言ってるわけじゃねえ。だけどな、トキヤ、お前はもっと外の世界を知れ。本当に自由に生きたいなら、いつかは聖獣の里を出るはずだろ。平和ボケした頭じゃ、お前の力も、誰かにいいように使われて終わりだぜ』

「僕を心配してくれてたんだね。じゃあ、ずっと前から僕のことを知ってたの？」

ユージーンの冷たい瞳に、微かに温かさが灯った。

『……さあな。お前が魔法の練習をしてるところなんて、ちっとも興味ねえよ。お前が他の聖獣と笑ってるのが、羨ましいなんて思ったこともねえさ』

彼は僕を、ずっと見ていてくれたのかもしれない。

真意はわからない。しかし、これ以上追及するのも彼に失礼だ。

「ありがとう、ユージーン。君が迷惑だって言っても僕は君と話したい。シラユキと同じように、君と友達になりたいんだ」

だから僕は、素直な気持ちを伝えた。

きっとこれだけで、ユージーンにすべてが伝わると確信していた。

『……考えといてやるよ。今日はもう帰れ、うるせえ連中が来る前にな』

「うん、また会いに来るよ。シラユキと一緒にね。……そういえば、シラユキとはどうしてあんなに仲が良いの？　他の聖獣には嫌われてるのに？」

『あいつが、勝手に俺のところに来るんだよ。突き返してやっても、友達になろうの一点張りで……ケッ、俺が折れたんだよ』

そう言ってユージーンは笑った。

今までとは違う笑顔。困ったような、小バカにしたような。

だけど確かに、シラユキと僕以外の誰にも知られていない一面だった。

『……ひとつだけ、言っとくぞ』

彼に背を向けて洞穴を出ていこうとした僕に、ユージーンが声をかけてきた。

『魔法がいくら使えても、護身術でもなんでも、体がついていかなきゃ意味がねえ。「獄王竜」ユージーン流でよけりゃあ、いくらでも戦い方は教えてやるよ』

なにかを教えてもらえる。

サダイやウダイ、聖獣達にしてもらってきたことのはずなのに、一番心がときめいた。

「……楽しみにしてるよ、ユージーン！」

僕はにっこりと笑ったまま、洞穴を後にした。月夜に照らされた崖で待っていてくれたシラユキのもとまで駆けだして、彼女の背中に飛び乗る。

『トキヤ、すっごく嬉しそうデス！　ユージーンとなにを話したデスか？』

少しだけ間を置いてから、シラユキと分かち合うように僕が言う。

「君は本当は優しいんだね、って伝えてきたよ」

シラユキは返事をしなかった。代わりに大きく雄叫びをあげると、崖から大袈裟なほど力強く飛び降りて、急勾配を駆け下りていく。

僕もシラユキも、信じられないほど嬉しくて明日が待ち遠しいんだ。

新しい友人が増えたのに勝る喜びなんて、きっとどこにもない。明日から話し合って、いろんなことを教えてくれる相手が増えた喜びは、なににも代えがたい。

だから僕は、ずっと微笑んでいた。

月夜に照らされた闇を走り抜ける間、ずっと。

三章　選択、旅立ちの時

僕がユージーンと友達になって、半年が経った。

今までのように書物を読みふけり、魔法の技術を会得する時間に加えて、ユージーンの棲み処の周辺で、僕は戦い方を学んだ。

おかげで僕は今、自分でも驚くほどの武闘派になっていた。

「――おりゃあぁーっ！」

初めの頃は、一体を相手するのにも苦労していた木の人形は、今や一度の訓練で八体を相手取るようになった。しかも、ユージーンの魔法で相手は僕に殴りかかってくる。

でも、武術スキルを熟達させたからか、敵の動きを驚くほど簡単に見抜けた。

髪が触れる刹那、宙を舞い、攻撃を避ける。打撃、蹴撃のスキルを高めた僕が、すれ違いざまに放ったパンチとキックは、木の人形をあっさりと砕いた。

もちろん、これはただの武術じゃない。ユージーンが持ちうる技術を人間に転用した、竜の動きを模した僕オリジナルの武術だ。こういうのに憧れてたんだよね。

（木や土でできたターゲットくらいなら、拳と蹴りで壊せる！　遠くの標的は……）

遠くから迫ってくる木の人形の相手も、すっかり慣れたものだ。

ユージーンとの修業の成果は、魔法のスキルにもはっきりと表れていた。右手に激しい水流を、左手に渦巻く風を発生させて、僕はその場で大きく回転する。

「水属性魔法『ハイドロショット』！　プラス風属性魔法『カマイタチ』！」

回転の勢いを伴って発射された水と風は、弾丸の如く木の人形を貫いた。

ぐったりとして動かなくなったふたつの人形を倒し、僕はやっとひと息ついた。

「よし……用意されたターゲットは、これで全部だね」

額の汗を拭うと、木陰で僕を見守ってくれていたシラユキが駆け寄ってくる。

『すごいデス、トキヤ！　こんなに強くなってるなんて、シラユキ、感激デス！』

「時間魔法で巻き戻しと加速を繰り返して、特訓した成果が出たね。最低でも二百年分はトレーニングしたし、魔法も武術もスキルが大きく成長してるみたいだ！」

今さらだけど、僕はスキルを使った戦闘が苦手だ。だから時間魔法の『アクセル』と『リワインド』を用いて、早送りと巻き戻しを丹念に行い、自分の短所をしっかりと補った。

なにより、こんな遠回りな修業法に付き合ってくれたユージーンに感謝しないとね。

そう思っていると、草木が大きく揺れた。

『そりゃそうだろ。俺がわざわざ戦闘訓練をしてやったんだからな』

「ユージーン！」

強い突風と共にユージーンが現れた。こんな大仰な登場にももうすっかり慣れたよ。

接しているうちに、彼に対する第一印象はすっかり薄れちゃった。代わりに見えてきたのは、彼の性格だ。ユージーンは怒りっぽくて、乱暴で、優しいのに不器用で——それでいて、ちょっぴり見栄っ張りだ。

でも、こんな性格の彼だからこそ、僕を助けてくれたのかもね。

さてと、ユージーンが僕のもとに降り立ったのは、なんの理由もないわけじゃない。

『まあ、この調子なら外の世界に出ても問題ねえよ。それより、さっさと試すぜ』

『試すって、なにをデス？』

『見てりゃわかるさ。そら、トキヤ！　本気でやらねえと、丸焦げだぞ！』

言うが早いか、ユージーンは息を大きく吸い込み——爆炎を僕めがけて解き放った。

黒い竜の十八番《おはこ》、すべてを焼き尽くす炎魔法だ。

『本気の炎魔法、「ブレス」デス！　やりすぎデスよーっ⁉』

まさかこんな攻撃を繰り出すと思っていなかったのか、シラユキの素っ頓狂な声が聞こえてきた。かくいう僕はというと、この攻撃が来るのは織り込み済みだ。

もちろん、僕の時間魔法を使えば問題ない。炎を巻き戻してしまえばいい。

だけど、僕には別の防御手段がある。むしろ、これを試すいい機会だ。

「『時間魔法』——『ステイシス』！」

僕がかざした掌は、いつもと違う光を見せた。空間そのものをつんざくような赤い閃光《せんこう》はたちまち広がり、すぐに収束した。時は加速もせず、後退もしない。

『……炎が……止まったデス……⁉』

ただ――その場に留めただけだ。

炎は完全に動かなくなった。まるで、ビデオ映像を一時停止したかのように、ちっとも僕を追いかけてこなくなったんだ。

これが、僕が半年間で新たに会得した時間魔法、『ステイシス』。

今までの時間魔法と違って、この魔法スキルは完全に対象をその場で静止させられる。誰がなにをしようと、魔法の発動を止めようと、物質と概念は固定される。もちろん、僕が解除すれば、再び動き出す。

一見すると無敵の魔法だけど、『ステイシス』は他の時間魔法と違って、魔力と体力の食い潰し方が尋常じゃない。いくら魔力が膨大にあるといっても、体力は有限だ。ずっと時間を止めていると、僕はいずれ気絶してしまう。

「そのまま……土属性魔法『クアトロ・ウォール』！」

僕は地面に手を当てて、分厚い四つの土の壁を生成して炎を囲んだ。

時間魔法を解除すると、炎が勢いよく土壁を呑《の》み込んだ。そして炎はゆっくりと土を焼き尽くし、消えてしまった。

鼻で笑いながらのそりと寄ってきた彼の様子を見るに、きっと本気は出してない、と思う。

『俺のところで修業を積んだ甲斐《かい》があったな。時間を加速できて、巻き戻しもできるなら、静止もできるだろって冗談半分で言ってみたんだが、まさかマジでものにしちまうとはな』

「ふう、ふう……。『ステイシス』は、『アクセル』や『リワインド』と違って、体力の消費が激しいから長くは使えないね」

『はっ、これだけ使えりゃあ十分だ。お前の時間魔法は、並の人間や亜人が使えば一秒時を止めるだけでも魔力と体力を使い尽くして死んじまう代物だぞ。それに、もし本気でブレスを止めるなら、巻き戻して胃袋に戻してやりゃあいいのさ』

　荒れた息を整える僕に、ユージーンが言った。

『だいたい、時間魔法を使わなくてもお前は十分強くなったぜ。少なくとも、王都の宮廷魔導士やトップクラスの冒険者でも、タイマンならまず敵わねえだろうよ』

「あはは、戦う機会がないのが一番なんだけどね」

　王都。本で読んだ情報だけだと、すごく煌びやかな世界。

　ユージーンはもしかすると、僕に外の世界の楽しさを教えてくれているのかもしれない。だけど、まだまだここで学べることもあるし、今は里を発つ予定はない。

「それに、外に出ていくかはわからないよ。僕だって、里の中でずっと皆と暮らすかもしれないし――」

　だから僕はもうしばらく魔法と武術の修業の日々を送る、と答えるつもりだった。

『ここにいたのか、トキヤ！』

草むらの陰からウダイが飛び出してきて、僕と彼の会話は途絶えた。

「ウダイ！　こんなところまで来て、どうしたの？」

ユージーンに対してまだよくない感情を抱いているのか、ウダイは彼をやや軽蔑した調子で一瞥《いちべつ》して、僕をジッと見つめている。

『……話さなければならないことがある。シラユキと一緒に、神樹のところまで来なさい』

そうとだけ言って、ウダイはさっさと去ってしまった。

いつものウダイらしい、聖獣全体に言える達観した様子は見られない。まるで、なにかが迫ってきていて、それにひどく焦っているようだ。

『どうしたんデスかね？　ウダイ、とっても心配そうな顔だったデス』

「里で、なにかあったのかもしれない……とにかく、神樹に急ごう」

シラユキの背中に乗った僕は、ユージーンに手を振る。

「ユージーン、後でまた来るよ！」

――なんだか嫌な予感が、胸の中に渦巻いていた。


風を切って里の中心地に戻ってきた僕を待っていたのは、里中の聖獣達だった。

いつも書庫に閉じこもっている聖獣も、普段は夜しか出歩かないはずの聖獣も、里にいるありとあらゆる生き物が、神樹の傍に集まっていた。

あまりにおかしな状況に、僕は息を呑む。シラユキが歩みを止めず、神樹の前にいるオサのもとに連れていってくれなきゃ、きっと口を開けなかったはずだ。

「ただいま、ウダイ、サダイ。……皆集まって、なにがあったの？」

『……オサの口から、直接話されることだ。ウダイ、頼むぞ』

『オサ、トキヤ達が戻ってきました。聖獣の里の未来についてお話しください』

ウダイがオサに耳打ちすると、オサはふがふがと口を動かした。

ここ数年でオサは急激に老けた。見た目は変わらないけれど、ぼんやりとしている時が多くなったし、歩みも随分と遅くなった。伝説の獣を統べる者が、こんなに早く老いる理由が、僕にはこれまでさっぱりわからなかった。

でも、今日この日、僕はその理由を知ることになった。

『……トキヤよ。わしやウダイ、サダイが神樹に還る時が近づいてきた』

オサのか細い声を聞いて、僕は驚いた。

「それって……！」

僕の声に、ウダイとサダイが頷く。

間違いない。オサに、寿命が迫っているんだ。

聖獣の寿命は人間と違って何百年もある。特にオサはその中でもずっと長命で、聞いたところだと里の創設期からずっと生きているらしい。

僕は勝手に、彼らの寿命はもっと後に来るものだと思っていた。それは単なる、人間の常識で測っただけの思い込みに過ぎなかった。

そしてオサが還るなら、付き人のウダイ達も同じ道をたどる。きっと、そういう運命だ。

「近づいてきたということは、オサ、夢を見たの？」

『うむ……わしの夢、「予言」のスキルは、近い未来にわしが消えゆく姿を映した。ウダイとサダイも、わしと同じさだめを辿る。そう遠くない時期に、必ず起きうる出来事じゃ』

『やデス！　シラユキ、まだオサとおしゃべりしたいデス！』

聖獣達の誰もが俯く中、シラユキは涙を瞳に溜め、オサに頬ずりした。

彼女はオサとのたわいない会話が好きだった。オサもきっと、そうだったはずだ。

『落ち着け。明日明後日、私達が消えるわけではないのだ』

小さなため息と共に、ウダイが言った。

『だが、オサが夢を見られた以上、早急に決めるべき事柄もある。次の里の守護者を誰にするか……今のうちに、話しておこうと思ってな』

次の里の守護者。それは、オサの跡を継ぎ、里を恒久的に守る者。

そんな重責を負えるほどの聖獣が、果たしているだろうか。知に優れ、博愛を知る聖獣は多いけど、オサの後継者となると相当な重荷だ。

だったら僕の役割は次の守護者を支えることだと、勝手にそう思っていた。

『トキヤ。お前が、里の新たなる守護者となる存在なのだ』

——僕の名前を、サダイが呼ぶまでは。

聖獣達の視線が集中した。唖然《あぜん》とする、僕に。

「……僕が？　どうして、僕は人間なのに？」

ウダイもサダイも、憂いを帯びた瞳で僕を見つめている。

『お前が神樹から生まれる直前、オサは夢を見られた。次に神樹から生まれた者が、里と聖獣、そして世界を守護する存在になるのだと。「選ばれし者」がなんであるか、今まで伝えてこなかったが、それがお前のさだめだ』

確かに、今まで選ばれし者の意味を何度聞いても、『時が来たら教える』としか言われなかった。もしかしたら、僕が増長するのを抑えるためだったのかもしれない。だけど、増長していないからといって、里を守っていけるだけの力があるとは到底思えない。

なにより、オサのように、永く、里を守護できない。

「で、でも、僕にそんな力はないよ！　僕よりもっと強い魔法を使える聖獣も、僕よりずっと賢い聖獣もいる！　なにより僕は人間だ、きっと百年も生きられない！　皆をずっと、守ってあげられない僕じゃあ……」

『……その心こそが、大事なのだ』

僕の言葉をサダイが遮った。

『お前の思いやりの心、それこそが里の守護者に最も必要なものだ。それさえあれば、強い魔法も予言の力も必要ない。他者を思う気持ちこそ、なによりも大事だ』

『周りを見てみろ、トキヤ。他の聖獣もお前を認めている』

ウダイの声を聞き、静かに顔を上げると、どの聖獣も新たな守護者の誕生を祝福してくれていた。

『トキヤが守護者なら、いいじゃないか！』

『真面目だし、皆を思いやってくれる！　理想の守護者だね！』

「皆……！」

四方八方から、僕を祝う声が聞こえてくる。

皆に認められたのなら、僕はきっと、聖獣の里の守護者になれる。そうして僕は──永遠に、里に留まる。それでいい。なにも決めてこなかったんだ、きっとこれでいい──。

『じゃからこそ、お主は一度、外の世界へと出向かねばならぬ』

──はず、だった。

オサの凛《りん》としたひと声で、里中が静まった。聖獣達も、ウダイ達も、なにより僕も。誰もが新たな守護者の誕生を喜ぶ中、オサだけが違うものを見ていた。

それはきっと、僕の戸惑い。

もっと多くの世界を知りたい、とわずかに願ったほんの少しの迷いを、オサは見抜いているようだった。だって、よぼよぼの瞳に映った僕の顔は、悲しいほどに自分の選択に納得していなかったんだから。

「外の……世界?」

未だに困惑しているウダイとサダイに挟まれたオサは、体を揺らして笑った。

『里の中で学べることなど、所詮は知れておる。里の外の世界で、より多くの物事を学び、繋がりを深めるべきじゃ。そしてそこで、新しい生き方を見つけたのなら……もう一度ここに戻ってきた時に、守護者とは違う道を選んだと教えておくれ』

『オサ！　未来の里の守護者に、そのような……！』

『よい、よい。わしらはどのみち消えゆく身、未来ある子の行く末を縛りつけるほど、愚かな行いもあるまいて。なによりトキヤ、お主の外の世界への好奇心を、わしらはずっと知っておったよ』

ここまで聞いて、サダイやウダイ、聖獣達はなにかに納得したようだった。

『オサ、最初からそのつもりで、私達を集められたのですね』

『さてのう。サダイよ、予言などしょせんは夢じゃ。未来を縛るほどの力も、決めうる力もありはせん。己の意志で選んだ道こそが、真に進むべき未来の道なのじゃよ』

『なら、彼が守護者にならないとオサは知っていたのですか?』

『……それこそが、トキヤがいずれ、決めることじゃ』

そして、僕も納得した。

いずれそうなるとしても、オサはここで僕の意志を無視して守護者にするつもりはない。オサは僕自身に問いかけさせた。僕が本当にやりたいことを確かめさせる機会をくれたんだ。

「……いいのかな。僕、皆のためなら……」

でも、だからといって、僕が守護者の運命を捨てていい理由にはならないとも思った。

少し不安な調子で問うと、サダイもウダイも、諦めたように肩を竦《すく》めて笑った。

『今の里の守護者が決めたことだ。トキヤ』

『お前を信頼する以上に、お前の道を阻む者はいない。守護者など、そうだな、どうにでもなるだろう。もちろん、聖獣の里に戻ってくるのも我々は歓迎しよう』

オサに言われたからじゃない。きっと、二匹とも僕自身に選択を委ねてくれた。

ここで守護者になる道を改めて選んでも、きっと皆は歓迎してくれる。僕がもっと、もっと皆のために頑張ると決めたのなら、誰も否定しない。

それはきっと、運命じゃない。僕自身の選択だ。

僕は里で多くを学ぶと決めた時、言ったはずだ。

なにができるのか、じゃない。なにがしたいのか、だと。

「……僕、外の世界を見てみたい。自分になにができるのかはわからないけど、なにを成し遂げられるのか、なにができるのかを知りたい！　オサと皆が許すなら、僕は僕自身の可能性を確かめたい！」

僕の答えは、ひとつだ。

ただ、知りたい。自分になにができるのか、どこに行くのか。

仮にその果ての答えが守護者になることだとしても、その過程を経ずに目的を達してしまうのを、僕の心は認めない。自分になにができるのかを知るのが、きっと生きることだから。

ちょっとの間、情けないけど僕は目を開けなかった。

腹を括《くく》って目を開いて、皆を見た――そこには、里に住まう皆の笑顔があった。

もっと早く聞きたかったと言いたげな顔。親が子を送り出すような、心の底からの笑顔。そのどれもが、僕を本当に想ってくれているのがわかった。

そうして最後にオサと目が合った時、僕の視界が潤んだ。

『泣くでない、お主の選んだ道じゃ。トキヤよ、好きなだけ、心赴くままに行くがよい』

オサの笑い声を聞いて、僕は目をこすった。

僕の目を見てオサは蹄を鳴らし、大きく頷いた。

『さて、話は決まりじゃ。じゃがのう、彼ひとりだけを外の世界に放り出すというのは、少々酷な話じゃ。そこで、トキヤの付き人となる聖獣をふたりほど募りたい。誰か、名乗り出る者はおらんかの？』

これまた唐突な提案に、今度は聖獣達がざわついた。

なんせ、なんの脈絡もないまま唐突に未来を決めた僕と里の外に出る旅だ。生まれてから神樹に還るまでずっと里の外に出ない聖獣もいるくらいなのだから、あてもない旅についていって、里にずっと帰ってこないのはごめんだと思うのも、無理はない。

だから僕はオサに、旅にはひとりで行くと告げようとした。

『はいはいはーいデス！　シラユキ、シラユキがついてくデース！』

少なくとも、真っ白な毛玉が僕の前で飛び跳ねるまでは。

なんとシラユキが、僕との旅についてくるって言い出したんだ。

もちろん嬉しいんだけど、僕としては、オサと離れる彼女が心配だ。

「シラユキ!?　いいのかい、いつ里に帰ってこられるかわからないんだよ!?　それにオサがいついなくなるかわからないなら、せめて……」

『確かにシラユキは、オサが大好きデス！　ずっと一緒にいたいデス！』

シラユキはぶるぶると首を大きく振ると、僕をジッと見つめた。

『それでもシラユキは、トキヤといたいデス！　トキヤが帰ってくるまで、里でジッと待ってるなんてイヤイヤデス！　それにシラユキも、遠く遠くを旅してみたいデース！』

ここまで言われたら、さっきの僕の意見なんて簡単にひっくり返ってしまう。僕としても、シラユキがついてくるなんて、こんなに心強いことはないよ。

ウダイやサダイも、彼女がついてくるのに納得しているようだしね。

『……決まりだな。あともうひとりは――』

さて、もう片方の相方を決めるのは、それこそ時間がかかりそうだ。

今度こそ僕は、シラユキとふたりで旅に出る、と言おうとした。

『――ったく、お前らみたいな貧弱な連中に、トキヤを任せられるかよ』

ところが、これまた大きな声と聖獣達を吹き飛ばしてしまいそうな突風が、僕の言葉をかき消してしまった。

こんな形で里に来る聖獣を、オサの招集に応じていなかった聖獣を、僕はひとりだけ知っている。というより、ひとりしかいるはずがないんだ。

「ユージーン！」

僕の目の前に舞い降りたのは、漆黒の竜、ユージーンだ。

金色の瞳に射竦められた聖獣達は、たちまち神樹の後ろや岩場の陰に隠れてしまった。

『な、なにをしに来たんだ、獄王竜！』

威嚇するサダイの前で、ユージーンは軽く火を吹きながら嘲笑った。

『なにをしに来た、だぁ？　ボケるには早いんじゃねぇのか、小間使いがよ。さっきまでの話を俺が聞いてなかったとでも思ってんのか？　わざわざ神樹くんだりまで来て、与太話して帰るとでも？』

相変わらず攻撃的な口調だけど、真意は僕にもわかっている。

彼がここに来たのは、本当に話をしに来ただけじゃない。もちろん、いい意味でね。

「一緒に来てくれるんだね、ユージーン」

『俺がここに来たのはな……って、先に言うんじゃねえよ、トキヤ！』

先読みした僕の言葉にツッコむユージーン。彼、ツッコミ役に適任だね。

『……ったく、その通りだよ。お前とシラユキだけじゃあ、盗賊だなんだに騙《だま》されて身ぐるみ剥がされるだろうからな。外の世界は、ここみてえに甘くねえんだぜ』

「ユージーンがいれば、ひと安心だね。頼りにしてるよ」

『けっ、おだててもなにも出ねえぞ』

ぷい、とそっぽを向いたユージーンも僕の旅についてきてくれるのは、やっぱり間違いなかった。彼の強さと僕達にはない用心深さは、まさしく長旅には必要不可欠だね。

さて、とにもかくにも、これでふたりのお供が揃った。それにシラユキとユージーンという、僕にとって最も付き合いが深くて信頼できる聖獣だ。

僕はすたすたとオサの前まで歩いて、彼の顔に近づいた。

しわがいっぱい刻まれた顔を、一本一本に彫り込まれた優しさを、目に焼きつけるために。

「オサ、ウダイ、サダイ。僕はシラユキ、ユージーンと一緒に旅に出るよ。外の世界を知って、自分になにができるのかを学んで……守護者になるか、他の道を選ぶか。僕自身の心を道しるべにして、選んでみせるよ」

『……それを開けて、安心したわい。もう、思い残すこともないほどにのう』

オサが笑って、僕も笑った。

ただ、ここまで話を進めておいてなんだけど、僕はふと、ひとつの懸念材料を見つけた。

「あ、でも、僕達はこれから人間が住む世界に行くんだよね？　だったら、シラユキ達みたいな聖獣は、目立つんじゃないかな？」

百歩譲ってシラユキは問題ないとしても、ユージーンを普通の人間が見ると、パニックになっちゃうか、下手をすると気を失ってしまうかも。

どうにかして、姿をごまかす手段はないものかな。

『心配ご無用デス！　シラユキ達、人間の姿になれるデス……とうっ！』

そんな僕の心配を、シラユキ達はたちまち解決してしまった。

シラユキが雄叫びをあげ、ユージーンが翼を大袈裟にはためかせると、二匹の体を白と黒の光が包んだ。思わず視界を手で覆った僕がもう一度目を開くと、そこには信じられない光景があった。

白い少女と、黒い青年。

シラユキとユージーンがいた場所に、ふたりの人間がいたんだ。

ひとりは、背が僕よりやや高い少女。純白のロングヘアと藍色の丸い瞳、長いまつ毛とマロ眉、丸い顔つきが愛らしい印象を与えている。ぶかぶかのシャツとホットパンツ、ロングブーツを着用し、外見上は十代後半に見える彼女は、間違いなくシラユキだ。

かたや、身長百九十センチ強、褐色の肌と鋭い目つきの黒い瞳、太い眉、セミロングの黒髪に加えて筋肉質の体格のせいで、威圧感がすごい男。二十代前半に見える外見と、ジャケットと革パンというファッションは、ユージーンの趣味だろう。

「ふ、ふたりとも、その姿は……!?」

驚く僕の前で、シラユキは楽しそうにひらひらと踊ってみせた。

「聖獣達なら誰でも使える秘密のスキル、『変身魔法』デス！　人間にも、亜人にもなれるデース！」

一方でユージーンは、人間の姿があまり好きじゃないみたいだ。

「ちっ……こんな弱っちい見た目、俺は好きじゃねえんだがな。まあ、仕方ねえ」

「ふたりとも、すごいよ！　これなら、人の世界でも暮らしていけるね！」

「はしゃいでる場合か。オラ、さっさと準備するぞ」

褒める僕の頭を軽く叩いて、ユージーンは僕を担ぎ、シラユキの服を掴んで歩き出した。

「ユージーン、マッチョデス！　ワイルド系イケメンデース！」

「どこでそんな言葉を覚えたんだよ、このバカシラユキは!?」

天然気味のシラユキ。しっかり者のユージーン。ふたりを信じる僕、トキヤ。

いつもの僕達だけど、いつもと違う僕達。

この三人組が、これから自分にとっての当たり前になる。それがなんだかとても嬉しくて、僕はユージーンに担がれながら笑った。

揺られながらオサと目が合って、友達のように、にっと微笑んだ。


それから三日後、僕は仲間と共に生まれ育った聖獣の里を発った。

たくさんの聖獣とオサが見送りに来てくれた。神獣の皆と、サダイとウダイを思いきり抱きしめてから、僕は最後にオサのふわふわの毛に顔を埋めた。これがもしかすると、最後の別れになるかもしれないと思うと、少しだけ涙がこぼれた。

でも、いつまでもそうしてはいられないって知ってたんだ。

神樹と皆の声を背にして、僕達は未知の世界へと一歩踏み出した。トキヤという人間にとって、未知の世界だ。小さなポーチと一張羅だけで、旅路が始まった。

終わりはわからない。

だけど、僕達の足取りにはなんの不安もなかった。

だって僕は——無限に広がる可能性を知るために世界を歩き出すんだから。

四章　森の中、長閑《のどか》な時

「すごいデス、すごいデス、すごいデス！　久しぶりに見るものばっかりデース！」

「シラユキ、はしゃぎすぎて怪我しないようにねーっ」

「『聖獣の里』を抜けてもうしばらく経つってのに、あいつはいつまではしゃいでんだ。へばって動けなくなっても、知らねえぞ」

「あはは、シラユキの元気さなら、その心配はないんじゃないかな」

聖獣の里を出た僕達が最初に入り込んだのは、里がある崖から地続きになっている森だ。

鳥のさえずりが聞こえていた里の方にあるからっとした森と、僕達が今歩いている森はまったく違う。木々がこれでもかと茂っていて、じめっとした雰囲気すら漂わせてる。

そんな森でも、書物の知識しかなかった僕が心を躍らせるには十分だった。シラユキも、さっきからおもちゃを買ってもらった子供のようにはしゃいでる。

まあ、傍から見れば一番幼いのは僕だし、きっと一番わくわくしているのも僕だけど。

「それにしても、里の中と外じゃ、随分と景色が違うんだね。土地的には地続きなのに、こんなに鬱蒼《うっそう》と茂った森があるなんて、知らなかったよ」

「里がある渓谷は、よそ者が入ってこれねえように結界魔法を張ってあるからな。あそこだけ時が止まってんだよ、里に生えてるのは、聖獣どもみてえな古くさい草木ってこった」

「その古くさい木々も、ここに生《な》ってる木の実も、僕は好きだよ」

皮肉交じりのユージーンの言葉に、僕ははにかんで返した。

ただ、彼は笑わなかった。いつもの仏頂面が一層険しくなったのは、会話のせいじゃない。

「どの木の実が好きか、嫌いかはどっちでもいいけどよ……お前、気づいてるよな？　この辺り、いや、俺達の周りに魔獣がいるってことくらい」

さっきから感じている、獣の殺気のせいだ。

「……うん、いるね」

草葉の陰に、木の幹に、光る無数の目。黒い体毛のせいで景色に溶け込んでいるけど、間違いなく魔獣が僕達を襲おうと、今か今かと好機を窺《うかが》っている。シラユキもそれを察していたのか、少し前にはしゃぐのをやめてぴたりと足を止めていた。

「魔獣は魔力を探知できる上に、それが多い人間を好んで襲うからな。魔力をこれでもかって溜め込んでるお前みたいなのは、いい餌に見えるんだろうよ」

「でも、襲ってはこないみたい」

「俺達の様子を見てるだけだ。襲えると判断したならすぐに――」

ユージーンが話している間に、とうとう相手がしびれを切らした。黒い虎の姿をした魔獣が、四方八方から群れを成して奇襲を仕掛けてきたんだ。

とはいえ、この数なら、初陣だけど僕ひとりでも対抗できる。

「来たっ！　ふたりとも、下がって……」

だけど、僕の出番はなかった。

「おっと、トキヤを守るのはシラユキ達の役目デス！」

「お前こそ下がってな！　荒事は俺達に任せろ！」

シラユキとユージーンが、僕の前に躍り出たからだ。

しかもふたりの掌には、僕ですら目を見開くほどの魔力が込められていた。近くにいるだけで肌を凍らせ、焼きつけるような魔力の塊をどうするかなんて、決まっている。

「水属性派生・氷魔法！　『氷天六花白雪舞《ひょうてんりっかしらゆきのまい》』！」

「煉獄火属性魔法――『デッドエンド』っ！」

ふたりが一気に解き放った魔力は魔法と化し、辺り一面を炎と氷で埋め尽くした。木々が凍りつき、地面がたちまち焦土となるさまは、この世の終わりを見ているかのようだ。

しかも、そこまでの芸当をしておきながら誰も殺していない。凍傷を起こすような氷と、軽く触れただけで剛毛を塵《ちり》にした炎は確かに魔獣に大きなダメージを与えたけど、絶妙な力加減で相手を殺していないんだ。殺そうと思えば、殺せるのに、だ。

ただ、格の違いを脳に叩きつけるには十分すぎた。

絶対に勝てないと悟った魔獣は、怪我をした同胞を担いで慌てて逃げ出した。

「……すごいね、ふたりとも」

「んなことねえよ。人間の体になってから、どうにも魔法が鈍っちまってるみてえだ。獄王竜の姿なら、この百倍は強い炎が吐けてたぜ」

「シラユキもデス！　森を全部凍らせるなんて、ちょちょいのちょいデスよ！」

「ほ、本当にすごいね……」

人間と聖獣の差を見せつけられて茫然とする僕の傍で、ふたりが笑った。

今さらだけど、聖獣のシラユキはあらゆる雪・氷・寒さを支配する能力を持つ。彼女が一度能力を発動させると、辺り一帯は急に冷え込み、水分は凍結し、天候までも支配できた。ユージーンの力は言うまでもないし、それに比べれば弱体化したと評するのも頷ける。

（今まであんまり魔法を見る機会がなかったけど、聖獣って、他の生物よりずっと強いんだなあ。僕の感覚が普通じゃない方に慣れてたのかもね）

ともかく、ここまで強いふたりが旅路を共にしてくれるなら、こんなに心強いことはない。

炎と氷をかき消したふたりを見て、僕は思わず、くすりと笑った。

「なんだよ、トキヤ。にやにやしやがって」

「ユージーンとシラユキがいてくれて、安心できるなって思ったんだ」

僕がそう言うと、ユージーンは口を尖らせてさっきよりも足早に歩きだした。

「なにを今さら言ってやがる。オラ、さっさと行くぞ」

彼を知らない人間ならきっと気を悪くしたか、褒められるのが好きじゃないのかと思うに違いない。だけど、僕とシラユキは彼がどんな性格かを知っている。

ユージーンがそっけない態度を取る時は、決まって気恥ずかしい時なんだ。

「あーっ！　ユージーン、ほっぺが赤いデスよー！」

その証拠にユージーンの頬は、こちらからわずかに見えるだけでもわかるくらいに、赤く染まっていた。しかも、振り返った顔は予想よりずっとどぎまぎしていた。

「なっ……赤くなんか、なってねえよ！　シラユキ、余計なことを言ってんじゃねえ！」

照れ隠しに怒鳴るユージーンだけど、僕達はその様子を見て、もっと笑った。

このふたりとなら、心強いだけじゃない。鬱蒼とした森でも深い峡谷でも、燃え盛る火山の傍を進んでも、きっといつでも楽しく冒険ができる。

安心感と喜びに胸を膨らませながら、僕はユージーンの後ろをついていった。

ついでに僕も頭を小突かれたけどね。うん、ちょっと、痛かった。


そんなこんなで、僕達の旅路は、あっという間に初めての夜を迎えた。

「陽も暮れてきたね。そろそろ、野宿の準備をしようか」

いくら聖獣ふたりと一緒だといっても、夜道はなにが起きるかわからない。見知った里ならともかく、ここはあくまで僕にとっての未開の地だもの。

ユージーンとシラユキも、僕の提案に同意してくれた。

「野宿、か。服でテントでも張って、生肉でも食うつもりか？」

「それもいいけど、もうちょっと贅沢《ぜいたく》しても罰は当たらないんじゃないかな……空間魔法『ポケットディメンション』」

けらけらと笑いながら倒れた木に腰かけるユージーンに返事をしつつ、僕が手を虚空にかざすと、空間がまるでポーチの口のように割れて藍色の裂け目が現れた。

これは空間を支配する無属性の魔法、名前もそのまま『空間魔法』。瞬間移動や別時空に干渉する魔法は総じてこの名称で括られる。僕が使ったのは、別空間に荷物を置いておける、上級の空間魔法『ポケットディメンション』だ。

これがあるから、僕は手荷物をポーチだけにまとめられた。本当に必要なアイテムは全部、こうして別空間にしまっておけるからね。

「おっ、空間魔法か。ランクも高いな、いつの間に使えるようになったんだ？」

「二百回専門の書物を読んで、五千回実践したんだ」

口から軽く火を吹いて焚火を起こしたユージーンと、亜空間を興味津々に見つめるシラユキの前で、僕は手探りで荷物を引き寄せる。

広い空間とはいえ大まかにどこになにがあるか、魔法の発動者は理解ができる。

「えっと、僕が里に忘れてなければ、この辺りに……あった！」

そこまでアイテムを詰め込んでいなかったから、目当てのものはすぐに見つかった。

亜空間を閉じた僕がふたりに見せたのは、灰の入った瓶。用があるのは中身だけなので、僕は少し離れたところに中身を出した。

「……これ、なんでス？　シラユキには、灰にしか見えないデス」

首を傾げるシラユキに僕は微笑んだ。

「今はね。でも……『リワインド』！」

僕は灰に時間魔法をかけた。

すると、灰はふわりと浮き上がり、たちまち時間が巻き戻っていく。灰は本来の姿である木の棒と大きな布へと変化する。さらにアイテムが組み合わさり、合体し、僕が破壊する前の状態を取り戻した。

「お、お、おぉーっ⁉　おっきなテントが生えてきたデース⁉」

そう、テントだ。三人並んで寝ても余裕があるほどのサイズだ。

しかも、見た目は普通のテントだけど、素材は聖獣の里製。僕が本気の炎属性魔法を使ってやっと灰にできた耐久性は、ウダイとサダイのお墨付きだ。

「なるほど。あらかじめ組み立てておいたテントを、焼いて灰にしておいたのか。瓶から出して、必要な時に巻き戻して使うんだな」

「そういうこと。食べ物は腐っちゃうけど、だいたいの物は持ち運べるよ」

僕は話しながら、もう一度『ポケットディメンション』を開き、今度は円形の鉄の入れ物をいくつか取り出した。

「そいつはなんだ？」

「『錬成魔法』と水属性魔法の氷で作った、缶詰だよ。といっても、僕がいた世界のそれとは違って、食べるには時間魔法が必要だけどね」

もうひとつ、旅に出るにあたって僕が準備したアイテム。それが、缶詰だ。もっとも、僕は

小説のような〝現代知識チートをもって無双する〟なんてことはできないから、あくまで時間

魔法を使うのを前提にした、言うなれば『見様見真似の缶詰』かな。

缶自体は、里で採掘できる鉄に似た素材を錬成魔法のスキルで形作れば、難なく作れた。問

題だったのは保存方法だ。なんせ、酢漬けにするとか、漠然とした形でしか、僕は缶詰の理屈

を知らなかったんだ。

だから、仕方なく僕専用の手段を取ることにした。つまり、食品の時間を『ステイシス』で

止めたまま、氷魔法で凍結。あとは缶の中に入れて蓋をする。

食べる時に缶を錬成魔法で開け、中身の時間を巻き戻す。出来立てほやほやの状態まで戻せ

ば、火にかける必要もない。

――うん、手間だ。改善の余地は、まだまだありそうだね。

「『リワインド』……よし、完成だよ」

「わっはーっ！　いい匂いデス、美味しそーデース！」

「こりゃすげえな。完全に凍らせた料理の時間を巻き戻して調理した状態にしたのか」

「僕の知ってる缶詰ならこんな手間もないんだけどね。はい、どうぞ」

「いただきますデス！」

だけど、幸いにもシラユキとユージーンには大変ウケた。

ふたりとも用意していたスプーンで、缶詰の中身――そこまで料理が得意じゃないからシンプルに肉と野菜を煮込んだポトフ――にかぶりついた。

というか、ふたりともスプーンの使い方とか知ってたんだ。

「……うまいな」

「そう言ってもらえて、なによりだよ。おかわりもあるから、好きなだけ食べてね！」

がつがつと、飢餓状態だったかのようにポトフを吸い込んでいくシラユキだったけど。

「いっぱい食べて、体力をつけるデス！　むぐ、美味しい、まぐ、うまし、シラユキはすっごく気に入ったデス、もぐ――んぶっ⁉」

「ど、どうしたの⁉　もしかして、のどに詰まっちゃった⁉」

「むぶ、んぶ……ぶぶ……」

案の定、彼女の頬が膨らんだかと思うと、顔を紫色にしてジタバタと暴れ出した。

「は、はい、お水！　慌てず、ゆっくり飲んでね！」

「……食うかしゃべるか、どっちかにしろよな……」

胸を叩いて顔をどどめ色にするシラユキに水を渡す僕と、呆れながら食事を口に運ぶユージーン。僕達の真上を、ひと筋の星が流れていく。

聖獣の里で見た星と同じように、変わらない夜空が広がっていた。


里を出てから、あっという間に七日が経った。

シラユキ、ユージーンと一緒の旅路にも慣れてきて、ついでに言えば、野宿もすっかり好きになった。草生《む》した森を進む最中にも、大きなトラブルはなかった。

ユージーンが苦い果実を食べて吹き出したり、はしゃいでいたシラユキがうっかり人食い植物の口の中に飛び込んだりしたことをトラブルと呼ばないのなら、だけどね。

なんだかんだ、僕達はこうして平穏無事だ。

少なくとも、大木に腰かけて今のように休憩できるくらいの余裕はあるわけだし。

「――空気が変わってきたね。もうすぐ、森の外に出られるのかな？」

「そうだな。森を出れば、すぐに人間の街がある」

あらかじめ僕が凍らせておいたジュースを解凍して飲むユージーンの返答に、シラユキがぴょんぴょんとはしゃぐ。

「人間の棲み処に行くのは久しぶりデス！　美味しいもの、いっぱいデスか!?」

「お前はいつも、食うか遊ぶか、それしか考えてねえんだな」

「そこがシラユキのいいところだよ。ユージーンも、知ってるでしょ？」

「……まあ、そうだな。で、お前はさっきからなにを収納してんだ？」

「薬だよ。『薬学』のスキルがあるから、ここに来るまでに調達した薬草をいくつか使って、薬を調合しておいたんだ。治癒魔法じゃ手の届かない怪我や病気もあるからね」

鼻をかくユージーンの問いかけに答えた通り、僕はずっと、『ポケットディメンション』に軟膏《なんこう》や紙に並べた粉末状の薬を包んで仕舞っていた。

魔術や武術だけじゃなくて、僕は『学知系』のスキルも伸ばしていた。なんせ、本を読むのは大好きだったから、これ以上にランクを上げるのが簡単で、積極的に取り組めるタイプのスキルはなかった。

僕が特に力を入れていたのは、薬学のスキルだ。薬草などの医薬知識から薬の調合まで、全般的にまかなえるスキルで、森に自生する植物や魔獣の素材からいくつか薬を作るのも、今の僕なら造作もない。

「お前には必要ねえだろ。時間魔法があれば……」

「時間魔法は万能じゃないよ。人の命に関わることは、怖くてできやしないさ。なにかがあった時に、ごめんなさいじゃすまないからね。それに、なるべく魔法に頼らず、できるなら、自分にできることを最大限やりたいんだ」

「ケッ。まあ、そうしたけりゃ好きにしな。もっとも、俺達聖獣は病気になんざかからねえから、薬なんて必要ねえがな。飲むのは、お前ひとりだと思っておけ」

彼の言う通り、これを使うのはきっと僕だけだ。聖獣はスキルを持っている僕以上に自然治癒力が高いし、病気にもかからない。完璧な生き物、と言ってもいいかもしれない。

「とか言って、本当はユージーン、にがーいお薬が苦手なだけデス！」

前言撤回。完璧なんて、彼らに失礼だ。

だって、こんなにかわいいところが禍々しい漆黒の竜にもあるからね。

「あァ⁉　んなわけねえだろ、この獄王竜に苦手なものなんかねえよ！」

「安心して、ユージーン。君が棲み処でこっそり食べてたフルーツみたいな味のする飲み薬もあるからね」

僕の補足説明で、火を吐いて怒鳴るユージーンの顔が今度は赤くなってゆく。

「な、なんでお前、それを知って……」

「シラユキから聞いたんだ。ユージーンは、実は甘いものが大好きだってね」

「シィ～ラ～ユ～キィ～ッ！」

どうやら相当知られたくない秘密だったのか、鼻や口どころか全身から怒りの蒸気を放つユージーンは、シラユキが逃げ出す前に回り込んで、こめかみをぐりぐりと拳で圧迫した。

ああ、あれは痛い。僕も昔、ユージーンの秘密のポエムをシラユキに教えてもらった時についででお仕置きされたから、よく知ってるよ。

「あだだだだ！　いだい、いだいデス！　やめるデス～っ！」

親に叱られる子供のようなシラユキを見ていると、なんだか微笑ましい気持ちになる。

くすくすと笑いながら、僕は森の向こうに視線を移した。

これまではずっと、どこまでも人の踏み入った痕跡のない、道とも呼べない道が続くばかりだった。けど、昨日くらいから、人が歩いた跡や誰かが残した道しるべが散見され、自分以外の人間の存在を知らされた。

「それにしても、里を出て一週間で街に着くなんて……。地図は何度も見てきたけど、改めて、人が聖獣の里に辿り着けないのが不思議だね」

「そりゃそうだ。聖獣の里は、どこからも見つからないように隠されてるからな」

僕の呟きに、こめかみを擦るシラユキを放り出したユージーンが答えてくれた。

「この森だってそうだぜ。正しい道を通れば、俺達みたいに一週間程度で抜けられる。少しでも違う道をたどれば、永遠に出られない。道を知ってるのは、森そのものに魔法をかけた、俺達聖獣だけだ。里があると知ってても、誰にも見つからねえのはそういうわけだ」

「じゃあ、人間達は聖獣をどう認識してるの？」

「存在はするし実際に見てもいるが、どこにいるかは知らない連中ってとこだな。オラ、そろそろ出発するぞ」

わかったような、わからないような。とにかく、よしとしよう。

勝手に納得した僕は、シラユキの頭を撫でつつ、荷物をまとめて歩き出した。

人間の住む街のある方角に進むにつれて、魔獣の気配は薄れてきた。それどころか、綺麗な花も少しずつ見られるようになったし、キツネやウサギなど普通の生き物も出てきた。

実のところ、魔獣と人間、亜人以外の生き物なら里の周りにも生息していた。聖獣達は命に感謝しながらそれらを食べていたし、僕も料理した経験があるしね。

「くんくん……お花の匂いがするデス！　きっと、森の外の匂いデス！」

そんなことを考えていると、鼻をひくつかせてシラユキが躍り出た。

言われてみれば確かに、蜜のような甘い匂いがどこからか漂ってきている。

「花畑でもあるのかな？」

「んなもんがあるかは知らねえが、いい匂いはともかく、鼻を刺すような臭いをちょっとでも感じたら気をつけな。この森の傍には、『魔獣の墓場』があるからな」

「墓場……？」

不穏な言葉に、僕は思わず足を止めた。

僕の少し不安そうな顔を見て、ユージーンは楽しげににやついてみせた。

「そうビビんなよ、本物の墓場じゃねえ。一度足を踏み入れたら出てこられない、底なしの――」

彼が魔獣の墓場について説明しようとした、その時だった。

「――きゃあああー……」

声が聞こえた。

獣の鳴き声でも、魔獣の雄叫びでもない。初めて聞く、僕以外の人間もしくは亜人の声。

「……ユージーン、今のは！」

ただ、第一町人発見、と喜んでいられるほど悠長な状況ではないというのは、声の調子からわかった。あれは明らかに、悲鳴の類だ。

「南西から聞こえたな。言ってる傍から、魔獣の墓場の方角だ！」

「人と、魔獣……それも、魔獣はふたつの匂いがするデス！」

ユージーンとシラユキも、真剣な目で声がした方角を見つめている。

どうすればいいか、なにをするべきか。僕達はわかっていた。

「ふたりとも、行くよ！　誰かが、魔獣に襲われてるかもしれない！」

事情も事態も関係ない。悲鳴が聞こえたなら助けるのが当たり前だ。

「はいデス！」

「ったく、人の好《い》い奴だぜ！　俺に掴まれ、トキヤ！」

言うが早いか、僕を背負ったユージーンと前傾姿勢を取ったシラユキが駆けだした。

当然だけど、人間の姿を取っているとはいえ、聖獣の方が僕よりもよっぽど走るのが速い。

それこそ、今のように本気で走れば、木々が揺れるほどに速いんだ。

「シラユキ、魔獣の匂いがふたつあるって言ったよね？　どんな魔獣か、わかるかな？」

しかも、人間よりずっと鼻が利くし、目もいい。

少なくとも、ふたりがこうして僕の問いかけに耳を傾けていられる間は、襲われている人間が無事な証拠だ。そう思うと、危険な状況でもまだ僕は冷静でいられた。

「片方はじめっとした匂いだったデス、それもひとつじゃなくて、近い匂いがいくつも重なってたデス！　もうひとつは獣臭くて、人間の匂いと水っぽい匂いを遠くから追いかけてる感じデス！」

「人間も魔獣も、もっとデカい怪物に追われてるのかもな！　まあ、魔獣は両方噛み砕いちまえば終わりだ！　俺がさっさと仕留めてやるよ！」

にっと歯を見せて笑ったユージーンに笑顔で返すと、不意に周囲の空気が変わった。

自然と木々の匂いの中に、なんとも形容しがたい異臭が混じり始めたんだ。

「匂いが強くなってきたデス！　それに、うんちみたいな臭いも……さっき、ユージーンが言ってた、つんとくる臭いデスか⁉」

「間違いねえ！　もうじき見えるぞ、魔法を使う準備をしとけ！」

匂いだけじゃない。人の荒い息遣いと、なにかが飛び跳ねるような音が耳に入ってくる。

木々の間を抜けた先でなにかが起きていると確信できるほど、気配が強まる。

暗色の葉を携えた木をかき分けた先に――それらは、いた。

少し離れたところを必死に走っているのは、人間だ。それも幼い女の子で、値の張りそうな衣服がぼろぼろになっている。ここに住んでいるとは到底思えないし、きっとどこからか森に迷い込んだんだろう。

そんな少女の後ろを飛び跳ねているのは、水色の塊。よくよく見てみれば、ひとつの生き物じゃなく、複数の軟体生物が固まっている。少女を狙っているというよりは、少女の後ろについて、一緒になにかから逃げている様子だ。

もっとも、少女にそんなことを気に留めている余裕なんてないだろう。

「あれは……『鑑定』っ！」

軟体生物の正体については薄々予想がついていたけど、念のため、僕は鑑定魔法を使った。

網膜の内側に映る情報は【魔力・体力共に低め】【複数体で群れを成して行動する】【衝撃に強く、数が揃えば打撃を弾く】など。名前に関しては、もう見るまでもない。

「『スライム』デス！　群れてぴょんぴょん跳ねる魔獣デス！」

やっぱり。あの魔獣は、ファンタジーの定番――スライムだ。

まさか、定番中の定番のモンスターを見られるなんて思ってもみなかった。少女が追いかけられている状況じゃなきゃ、写真の一枚でも撮りたいくらいだ。

ただ、そうは言っていられない。特に、今はまずい。

「しかもガキの先にあるのは魔獣の墓場じゃねえか！　戦争時代に発生した、とんでもない広さの底なし沼だ！」

　スライムから逃げるのに必死で、女の子は自分が沼の傍まで駆けているのに気づいていないみたいだ。もしも、あんな小さな子が沼に落ちれば、きっと二度と上がってこられない。

「シラユキ！」

「任せるデス！　水属性派生・氷魔法――『寒風凍結《かんぷうとうけつ》』！」

　シラユキに声をかけると、彼女は大きく息を吸って吹きかけるように吐いた。すると、彼女の息がたちまち凍りつき、それに触れた沼の表面も端から凍り始めた。

　少女がつんのめり、あわや沼に落ちる寸前、聖獣の氷が沼の二割ほどを覆った。完全に凍らせるほどの速度はなかったけど、女の子を氷で受け止めるには十分だ。

　ひとまず、少女は無事だ。あとは、パニックに陥っているスライムを止めないと。

「よし、スライムの群れは僕が止めるよ！　『従属魔法』、『テイム』を使う！」

　僕がそう言うと、ユージーンの顔色が変わった。

「テイムだァ!?　お前、従属魔法のスキルだけはバカみたいに苦手だったろ!?　しかもあれだけの群れだ、いくらお前でも止めらんねえぞ！」

　実のところ、他の魔法と比べて、僕の従属魔法のランクは低い。実際、ユージーンのもとで何度か小さな生き物を従属させようとしたけど、ことごとく失敗していたからね。たぶん、僕にはその才能がないんだ。

スライムは、昔読んだ本によれば魔法スキルに弱いんだけど、きっとあれだけの数には、僕の『テイム』なんて効かないに違いない。

「確かにそうかもね……でも、僕の時間魔法と組み合わせれば！」

それでも、やってみる価値がある。僕には、神様からのプレゼントがあるんだから。

時計の針を模した紋章を輝かせ、掌を突き出し、魔力を集中させて叫んだ。

「――『ステイシス』！　プラス従属魔法『テイム』！」

途端に、スライムの群れは少女に飛びかかる寸前の状態でぴたりと止まった。まるで自分の意志では動けないかのように、ぷるぷると震えている。

（時間を止めた！　あとは、止めた時間の中で魔法を使う！）

ぐっと力を込めて、僕は別の魔法名を唱えた。

「『リワインド』！　そんでもって、もう一回『テイム』！」

これが、従属魔法を補う手段だ。

弱い魔法を、時間を巻き戻して何度もかけ直す。スライムの状態以外を巻き戻せば、魔法の効果は何度も重なっていく。普通なら、もう一度かけ直すまでに効果が切れちゃってやり直す羽目になるけど、これなら何十回、何百回でも効果を追加で付与できるんだ。

シラユキとユージーン、茫然とする少女が見つめる中、僕は手をかざすのをやめた。

「……できた！」

それはつまり、従属魔法が成功した証だ。

少女にぶつかる寸前だったスライムの塊は、ゆっくりと彼女から離れた。きょとんとする彼女の前で跳ねながら僕のもとに寄ってくるのは、僕がそう指示したから。

確かに数の暴力は危険だけど、僕の傍まで来て、頬ずりしてくれるなら怖くはないね。しかも、スライムは鑑定した情報によると、とても人懐っこい性格みたいだ。もしももっと凶暴な魔獣が相手だったらと思うと、ちょっとぞっとするかも。

「すごいデス！　トキヤ、あれだけの数のスライムをテイムできてるデス！」

「動きを止めた上で、魔法を何度もかけて効果を増したってわけか。考えたな」

ふたりとも感心してくれているけど、僕はまだ警戒を解いちゃいない。

「だがな、まだ魔獣はもう一匹いるぜ！　しかも、もうすぐそこまで来てやがる！」

ユージーンも同じで、彼が忠告したのと同時に近くの木々がへし折れる音がした。

『ゴオオオアァァッ！』

何本も木を薙《な》ぎ倒して飛び出してきたのは、その木の丈ほども高い背の、四足歩行の熊だ。

当然、ただの熊じゃない。赤毛で、狂ったように叫びながらこっちに向かって突進してくるさまは、どう見ても魔獣の類に他ならない。

心臓が止まるような雄叫びを聞いて、少女はまたも体を凍りつかせていた。

「とんでもなく大きい熊……でも、打撃ならスライムが吸収できる！　皆、お願い！」

僕の指示に従ったスライム達は、たちまち重なり合って壁を作り上げ、熊型の魔獣のタックルを受け止めた。そこでさらに、僕が『ステイシス』で熊の動きを止める。わずかに震えてから、一切の身動きが取れなくなった魔獣は、もうまったく怖くない。

「よし、これならいける！　ユージーン、とどめは任せたよ！」

僕達は攻撃をしない、というよりはする必要がない。

だって、黒く光る爪を唸らせるユージーンが後ろから飛び出してきてくれるからね。

「獄王竜必殺――『ジェットネイル』っ！」

黒い竜のひと薙ぎは、魔獣の首をたやすく引き裂いた。

『グギュ……』

僕の何十倍も大きな魔獣が、一撃で倒れ伏した。

毛皮が開かないほど細い傷は、しかし深く、魔獣の体を斬り裂いた。その証拠に、血が一滴もこぼれていないのに、魔獣は目を剥いて動かなくなったんだ。

改めて、聖獣ってすっごく強い。今さらだけど、僕なんかよりずっと強い。恐ろしい芸当をやってのけた張本人は、平然と死んだ魔獣の周りをうろつき、観察している。

「こりゃあ『ブラッディベア』だ。常に飢えててなんでも食う、人間のハンターでも手を焼く魔獣だな。しかもこれだけ育ってりゃあ、下手すりゃ近くの村や街を滅ぼしてたぜ」

「そんな危ない魔獣だったんだ、今止められてよかったね。それよりも……」

僕がくるりと振り向くと、女の子はまだ、凍った沼の上から動けないらしかった。きっと、脚力云々よりも、恐怖が勝っているからだろうね。

シラユキと頷き合った僕は、すたすたと彼女に近寄ると、手を引いて沼の淵から外へと連れ出した。これでシラユキが凍結を解除しても溺れる心配はない。

さて、あとは彼女が何者か、体調に異常がないかを確かめないと。

「君、大丈夫？　怪我はない？」

僕が努めて穏やかな調子で声をかけると、少女は微かに震えた。

「……ぅ」

「う？」

そして、もう一度大袈裟なくらい体を震わせた後。

「――うわあああああん！　びえええええええん！」

耳をつんざくような大声で泣き出してしまった。

「え、ええっ⁉　泣いちゃった⁉」

おかしいな。僕は大きな声を出してないし、魔獣はテイムされたか、もう死んでる。

怖がる要素は完全に排除したはずなのに、とすっかりテンパっていると、ユージーンが呆れた調子で、僕の後ろからひょっこりと顔を覗《のぞ》かせた。

「そりゃあそうだろ。魔獣に追われてた上に、いきなりその魔獣を支配して、挙句の果てにデカい熊を一撃で殺す奴が現れたんだぞ。ビビらねえ方がどうかしてるぜ」

そう言って、ユージーンは僕をどかして女の子に顔を近づけた。

「おい、いつまでも泣いてんじゃねえよ。とりあえず、家の場所と名前をだな……」

いや、どう考えてもユージーンの方が僕よりずっと威圧感があるよ。少なくとも、熊を倒した張本人だし、女の子は一瞬泣くのを忘れて、恐怖で顔を引きつらせてるもの。

あんまり言いたくはないけど、これ以上彼に任せるわけにはいかない。

「ダメだよ、ユージーンはあっち行ってて！」

僕とシラユキが彼を後ろにどかすと、当然ながら彼は怪訝《けげん》な顔をする。

「はぁ!? なんでだよ、俺はなにもしてねえだろ!?」

「ユージーンの怖い顔がダメデス！　そんな態度じゃ、女の子が怖がっちゃうデス！」

でも、シラユキの直球ストレートの意見でユージーンは黙ってしまった。

フォローしてあげたいところだけど、今は少女を宥《なだ》める方が先決だ。

ユージーン、ごめんね。

「ほ、ほら、もう大丈夫だよ、魔獣もいないよ！　あ、そうだ、フルーツとか食べる!?　美味しい料理もあるし、おやつだってたくさんここから出せるんだ！」

「べろべろばーデス、あっぷっぷーデス！　シラユキもトキヤも、こわーい魔獣じゃないデスよ！　シラユキの変顔百連発で元気出すデスよーっ！」

僕が『ポケットディメンション』から里の果物やスイーツの入った缶詰を取り出し、シラユキが原形を留めないほどの変顔で笑わせようとしている背後に、ユージーンのどこか寂しそうな視線が刺さった。

「おい、スライム共。俺の顔、そんなに厳ついか？」

彼の問いに、スライムがどう答えたかはわからない。

「……そうか」

けど、ユージーンの声は普段よりも暗かった。

結局、僕達が少女を落ち着かせるまで、彼は不機嫌な調子で背中を向けたままだった。

五章　商人と往く、喧騒の時

「──スカーレット・エインズワース？　それが、君の名前？」

「うん！　あたしはスカーレットです、歳は八歳です！」

僕達が助けた女の子──スカーレットは、あれからすっかり元気を取り戻した。

きつい臭いのする墓場から離れたのが、功を奏したのかもしれない。

亜空間から取り出した缶詰が五個と果物が三つ、そして変顔をしすぎたシラユキの顔がちょっと戻らなくなってるけど、少女の笑顔のためなら、必要経費だね。

「元気でいい子デスねー、おかわり食べるデスか？」

「いただきます！　ありがとう、シラユキお姉ちゃん！」

シラユキが、顎がちょっと出っ張りすぎた顔でスカーレットに温かいスープの入った缶詰を渡すと、スカーレットと名乗る少女はそれを食べ始めた。

ちなみにユージーンはというと、もうすっかり怖がられていないと判断したのか、さっきよりもちょっとだけ近くに寄っていた。スライムは僕の傍で、僕達と同じように女の子の前でおどけている。スライムって、こんなに人懐っこい魔獣なんだね。

おっと、スカーレットが落ち着いたなら、聞かなきゃいけないことがあるんだった。

「まだ小さいのに、どうしてこんな森の中に？」

僕がこう聞いたのは、スカーレットの格好が森に行くには似つかわしくなかったからだ。

背は僕よりも低い。金髪のポニーテールを大きなリボンで括っていて、瞳も金色で、頬にそばかすがある。フリルがついた青いワンピースはお気に入りの洋服とのことだが、素人目にも高級品だ。彼女が裕福な層の生まれというのは僕でもわかる。

そんな少女が森の中にいるとすれば、誘拐の可能性もある。もしかすると、彼女を攫《さら》った悪党が、この近くに潜んでいるんじゃないかって思ったんだ。

「えっと、パパの書斎にある本の中に、森に生ってる珍しい木の実のことが書いてあったの！　それを持って帰って、パパのお店で売りたいなって思ってきたんだけど、いきなり魔獣に襲われちゃって……助けてくれて、ありがとうございます！」

けど、スカーレットの返事を聞いて、僕はホッとひと安心した。

魔獣に追いかけられるのはトラブルだろうけど、他のトラブルに見舞われたわけじゃなく、彼女は単に父親を思って無茶をしただけだ。木の実ひとつのためにこんな危ない森に飛び込むなんて、相当アクティブな冒険少女だね。

しかもスカーレットの父親は、どこかで店を営んでいるらしい。ついでに言うなら、書斎を持っているというのもわかった。僕の予想通り、裕福な家庭に違いない。

そう聞いてにやついたのは、僕の耳に口を寄せたユージーンだった。

「つまり、こいつの親父は商人か。よかったな、トキヤ。がっぽり謝礼がもらえるぜ」

「そんなこと言っちゃいけないよ、ユージーン。こっそりここに来たなら、きっと両親も心配してるだろうし、街まで送ってあげないと」

彼を窘める僕に、スカーレットが思い出したように手を叩いた。

「あ、でも、もしかしたら、パパもママも、近くまで来てるかも！　だって、あたし、家を出る時に書き置きを残したの！　【森で木の実を取ってきます】って！」

「おお、それは偉いデス！　頭脳派デス！」

「どこがだよ」

ナイスアイデアに膝を叩くシラユキに、ユージーンはツッコんだけど、ここはスカーレットの言う通りだ。こんな小さな愛娘が森に消えたなら、きっと探しに来ているはずだ。

どちらにせよ、森の中に長居する以上に危険な行動はないだろうね。

「とにかく、またいつ魔獣がやってくるかもしれないし、早めに森を出るのが賢明だね。スカーレットちゃん、立てるかい？」

「もう大丈夫、足の震えも止まったよ！　あ、でも……」

スカーレットは大きく頷いて立ち上がろうとしたけど、不意に缶詰をちらりと見た。

「……？」

まだ開けていない缶詰への視線で、僕は彼女がなにをしたいのか察した。

少しだけ指をもじもじさせてから、スカーレットは言った。

「えっと、このごはん、とっても美味しくて……おかわりしても、いーい？」

やっぱり。シラユキも毎食四つは食べるから、気持ちはわかるし、作った側としてはこれ以上に嬉しいことはないね。

「もちろん、構わないよ」

僕はにっこりと笑って缶詰を開け、彼女に渡した。

こうしてさらに三つほど缶詰を平らげて、満腹になったスカーレットと共に、僕達は本格的に森を離れるべく行動を開始した。

ユージーンは「食べすぎだ」って言ってたけど、育ち盛りはこうでないとね。

さて、いざ森の外に出るにあたって、道しるべがちっともなかった。その上、スカーレットは「がむしゃらに走っていたから、どこが出口かわからない」と言って不安がっている。

でも、僕には鼻の利く友人、シラユキがいる。彼女の嗅覚は、たちまち外に通じる道を照らしだした。ユージーンが飛んで出口を見つけようかと提案したけど、こんなところで翼まで生やすと、スカーレットが驚いて今度こそ泡を吹いて倒れちゃうかもしれない。

幸いにも、出口を見つけるにはシラユキの先導だけで十分だった。

ついでに言うなら、魔獣の襲撃はこれ以上起こらなかった。

きっと、他の魔獣も、あの巨大な熊を倒した相手には関わらないでおこうと思ったんだろうね。今はスライムの群れという、心強い護衛もいるし。

「……見えた、あれが街だ」

魔獣の墓場から離れて間もないうちに、木々の切れ目から先の景色が大きく変わった。

広く続く平原。長く続く街道。そして、大きな門と城壁に囲まれた土地。

あれが、初めて見る人の住む街だ。

「エルミオ市の最東端の街、ヴィスタスだ。ここからでも見えるくらいデカい街は、そうそうないぜ。いろいろと目新しいものを見る、いい機会だろうな」

「珍しいお肉も、たくさんあるデスか⁉　シラユキ、お腹がはちきれるまで食べたいデス！」

シラユキがはしゃぐ気持ちもわかる。僕も、まさか最初に遭遇する街があんなに大きいとは思っていなかったから、どんな文化に触れられるのかと思うと胸が高鳴った。

「……レット……スカーレット……！」

そんな僕達に本来の目的を思い出させるように、遠くから声が聞こえてきた。

少女の名前を呼ぶ、男女の声。

「今の声は……！」

僕より、他の誰より、スカーレットが声の主を知っていた。

「パパとママだ！　パパ、ママーっ！」

言うが早いか、彼女は森の外へと駆け出していった。

慌てて追いかける僕達がスカーレットより数秒ほど遅れて平原に出ると、そこには馬車の一団がいた。ただの旅商人というよりは、ガタイのいい男性や熟練の雰囲気を漂わせる筋肉質の女性がいて、明らかになにかを探しに来た様子だ。

そしてスカーレットはというと、十数人からなる旅団らしい面々に囲まれた、中年の夫婦と、彼らの息子らしい青年のもとに向かって走っていく。

相手の方も、自分に近づいてくる少女に気づいたようだった。

「スカーレット！」

三人は顔を喜びに満ち溢《あふ》れさせながら、走ってくるスカーレットを抱きしめた。

そのさまは、十数年ぶりに家族と再会したかのようだった。

「スカーレット、スカーレット……！」

「ああ、神様……無事でよかった、本当に……！」

「バカスカーレット、僕達がどれだけ心配したか……！」

どうやら彼らこそが、スカーレットの言っていたパパとママに間違いないらしい。だとすると、もうひとりの青年は、彼女の兄だろうか。

「ごめんなさい、あたし、イタラゴの実がパパのお店で売れたらって、それで……」

「いいんだよ、お前が無事なら……ところで、この方達は？」

涙ぐむ彼女の頭を撫でながら、男性の方がスカーレットを追って歩いてきた僕達を見て問いかけた。その顔に感謝というよりも、どこか疑念が混じっているのは仕方ないね。

相手からすれば、僕達はスカーレットを攫った悪党かもしれないんだから。

このまま黙っていると、男性が雇ったらしい用心棒の面々に袋叩きに遭うかもしれない。かといって、「僕は聖獣の里から来た者です」と正直に話すわけにもいかない。

どうしたものかと二秒ほど迷っていると、鼻水を拭い、スカーレットが言った。

「森で魔獣に襲われてたあたしを、助けてくれたの！〝イノチノオンジン〟だよ！」

彼女の言葉で、夫婦の目から疑念が消えた。

「では、あなた方がいなければ、スカーレットは……」

言葉を失ったように口を開けて僕達を見たふたりは、半ば泣き出しそうな顔で、手を強く握ってきた。よほど娘の身を案じていたのか、ひどく汗ばんでいる。

「本当に、なんとお礼を申し上げてよいものか……自分共にできることなら、なんでもします。お名前をお聞かせいただいてもよろしいですか？」

三人の姿を改めて見ると、やはり裕福さをしっかりと感じられた。

ひとりは、モノクルをかけた小太りの男。口元は髭《ひげ》で隠れており、金の髪はてっぺんが禿《は》げていて、やや白髪交じり。青い燕尾服は見るからに高級品だが、スカーレットの捜索で必死になっていたのか、裾や袖は泥だらけだ。歳は四十代前半くらいだろうか。

女性の方はというと、髪はオレンジの濃い金髪で三つ編み。スカーレットと同様にそばかすが多い。主人とは違って、随分とラフな格好をしている上に、女性にしてはややがっしりした体型だ。こちらも、男性と同じくらいの年齢に見える。

そしてふたりの後ろで、まだ僕達を少し疑った目つきで見つめている青年。背はシラユキよりやや高い。切り揃えた金色の前髪、瓶底眼鏡にサスペンダーと、富裕層の息子らしくかっちりとした衣服を着こなしている。恐らく、僕より年上だ。

そんな面々の感謝の意に少し気圧されながら、僕はひとまず自己紹介に徹した。

「僕はトキヤです。後ろのふたりは、旅仲間のユージーンとシラユキです」

「旅のお方、と……どちらからお越しに？　後ろのスライムとは、どのようなご関係で？」

「いや、あの……」

ああ、やっぱり。そりゃあ、スライムのことも聞かれちゃうよね。

ぷるぷる震えるスライムは僕にとって無害だけど、事情を知らない人からすれば立派な魔獣だ。用心棒達が警戒しているのも、きっと僕じゃなくて後ろの魔獣なんだ。

僕の事情はともかく、せめて従属魔法を使っている点だけは伝えておかないと。

そう思った僕が口を開くより先に、シラユキとユージーンが僕の前に出た。

「トキヤはいろんな魔法が使えるデス！　四大属性だってお手のものデスし、さっきテイムした、このスライムぜーんぶに言うことを聞かせられるんデスよ！」

「ついでに言っておくと、表向きは旅仲間と言ってるが、俺達はトキヤの付き人だ。彼は森を越えた先の部族の長の息子でな、一人前と認められるために旅を続けている。それ以上は、あまり追及しないでもらえると助かる」

果たしてふたりは、僕の代わりに最高の答えを用意してくれた。

なるほど確かに、シラユキの説明はなにひとつ間違っていない。いろんな魔法の中には時間魔法が入っているけど、嘘はついていない。

ユージーンの説明は九割方が嘘だけど、これなら疑われず、身分の高い人物なら付き人がいるのは普通だし、旅の理由も言及されないだろう。未開の部族の事情に深入りするような行いは、彼らであればしないはずだ。

なんだか、こういう時のために前世で一度くらいは悪いことをしておいた方がよかったとすら思えた。

生来嘘のひとつもついた記憶がないから、ごまかしすら、僕はへたっぴなんだ。

「そうですか。森の向こうの部族、魔法の熟練者ともなれば、魔獣を倒すくらいはたやすいでしょう。とにもかくにも、おかげで娘の命は救われました、本当にありがとうございます」

「いえ、そんな……」

ぺこりと頭を下げる夫婦に見えないように、僕はこっそり小声でふたりにお礼を言った。

「ありがとう、シラユキ、ユージーン」

「ふふーん！　いんてり派のシラユキにお任せデス！」

「フン、これくらいのシナリオは準備しとけ」

まさか、こんなシナリオを用意しているとは思ってなかったけど。

驚きを隠せない僕をよそに、夫婦は自己紹介を始めた。

「自分はライナス・エインズワースと申します。こちらは妻のホリー、長男のアイザック。向こうに見える街、ヴィスタスで商店を営んでおります」

「トキヤ様、付き人さん。スカーレットを助けていただいたこと、心から感謝します。ほら、アイザックもお礼を言いなさい」

「……どうも。ありがとう、ございます」

ライナスさんとホリーさんに挟まれたアイザックは、つんとした調子で頭を下げた。

「あはは、すみません。アイザックはどうも内気で……こう見えて、感謝はしていますよ」

どうにもばつが悪い様子で頭を下げるライナスさんを見て、僕はやっと、アイザックは僕達を疑っているんじゃなく、単に内気なだけだとわかった。

よくよく目を見てみれば、瞳の中にあるのは敵意ではない。半分の感謝と、半分の〝人になにを伝えればいいのかわからない〟複雑な感情だ。見た目は子供だけど、中身は立派な大人である僕からすれば、かわいいものだ。

ただ、ライナスさんからすればやや困りごとなのか、彼は話題をさっと変えた。

「そうだ！　トキヤ様達さえよろしければ、『エインズワース商会』に寄っていきませんか？

ぜひ、娘を助けていただいたお礼をさせてください！」

エインズワース商会。きっと、ライナスさんが営む会社の名前だ。

「エインズワース商会って知ってる？　エルミオでも一番すごくて、とってもおっきくて、たくさんお店があるの！　それにパパ、貴族ともお友達なんだよ！」

「こらこら、よしなさい、スカーレット」

ライナスさんは、さも自慢するほどじゃないと言いたげにスカーレットを窘めたけど、この人はもしかするとすごい人なんじゃないかと、僕は思い始めていた。

ファンタジーの世界の常識はともかく、普通に考えれば、ただの一商人が貴族と繋がりを持つには相当なスペックが必要なはずだ。スカーレットの言う通り、大きな店舗が都市中にあるほどの豪商でもないと。

そしてそんな商人なら、聖獣の里の外の話を山ほど知っているはずだ。

僕の好奇心が鎌首をもたげてくるのを、ユージーンは見逃さなかった。

「なんでも売ってる、か……街で人間のことを知るいい機会じゃねえか、トキヤ？」

ユージーンの耳打ちに、僕は頷いて答えた。

「うん、僕もそう思ったところだよ。ライナスさん、お礼というなら、僕達に街を案内してもらえませんか？　ちょうど、これからヴィスタスに向かおうとしていたところなんです」

「そんなことでよければ、喜んで！　では、早速街へ戻りましょう！」

金品でも要求されると思ったのか、ライナスさんは一瞬だけ面食らった顔をした。でも、すぐに笑顔を見せると、いそいそと僕達を馬車の方に案内してくれた。

ただ、僕にはひとつだけ、やり残したことがある。

「その前に……スライム達とは、ここでお別れしないといけないね」

そう。テイムしたスライムを、森に還さないといけないんだ。

「どーしてデスか⁉　せっかくテイムしたんデスよ⁉」

「シラユキ、お前はもうちょっと脳みそを使えよ。街の住民でもない奴が、こんな数のスライムを従えてやってくるんだぜ。いくら街一番の商人が許可を出しても、魔獣を引き連れてビビられないわけがねえだろ」

まったくもってその通りで、魔獣が街に入ればどうなるかが想像できないほど、僕は世間離れしていなかった。事実、スライムはまだ、用心棒達に警戒されているもの。

それでも、テイムしておいて不要になれば還すというのは、心苦しかった。

「僕の勝手に付き合わせてごめんね。従属魔法……解除」

けじめをつけるように、僕はスライムに触れて魔法を解いた。

スライム達は一瞬、なにが起きたかわからない様子だった。互いに小さな瞳で見つめ合ってから、彼らはぴょんぴょんと飛び跳ねて森の中へと戻っていった。

去り際になにか声を発したような気がしたけど、きっと気のせいだろう。

「……なにかあったら、いつでも助けに来る、だとよ。従属魔法のくせに、随分と懐いちまったみたいじゃねえか」

――気のせいじゃなかった。

従属魔法は確かに解除したし、僕はスライム達になにもしてやれていない。なのに、どうしてまた手を貸してくれる、なんて言ってくれたのかな。

「どうして……魔法の効果が切れてるのに？」

僕は心底疑問に思う。

でも、ユージーン達は答えを知っていた。

「一緒に魔獣と戦って、あんなデカい化け物相手に一歩も引かなかったお前を気に入ったって、それだけさ」

「トキヤはいい人デス！　魔獣も知ってたんデスよ！」

「……それだけ？」

「そのそれだけが、大事なんだよ」

そういうもの、なのかな。

「行こ、トキヤ！　あたしとお兄ちゃんが、街のいいところ、ぜーんぶ教えてあげる！」

気づくと、スカーレットが笑顔で手を引いていた。

シラユキ達と目が合うと、ウインクをしてくれた。僕もなんだか嬉しくなって、ウインクで返して、スカーレットと一緒に歩き出す。

「そうだね、行こうか！」

にっこりと笑って、僕は馬車へ乗り込んだ。


僕達が来た森、ライナスさん曰く『赤い森』から、街まではそう遠くなかった。

高い外壁に備えつけられた大きな門をくぐり、馬車から降りた僕達を待っていたのは、まさしく未知の世界だった。

「これが、ヴィスタス……！」

思わず僕は、ぽかんと開いた口から言葉を漏らした。

門から無限に続いて見える大通りには、信じられないほど多くの人が行き交っている。

大通りの端には露店や様々な専門店、家屋が立ち並び、常に賑《にぎ》やかな人の声が絶えない。中には亜人も混ざっていて、人間と同様にものを売ったり買ったりしてる。まぎれもなく、ファンタジーの世界の大都市をイメージした光景そのものだ。

通りのずっと奥に見えるのは時計台。左側に見える大きな建物は、なにかの施設だろうか、あるいはお屋敷かな。こんな時、聖獣の里の外の知識をあまり学べなかったのが、本当に悔やまれる。

ああ、もどかしい。元いた世界では芽生えなかった好奇心が頭の中で爆発しそうだ。

そんな僕のそわそわした調子は、ライナスさんにはお見通しだったみたいだ。

「はい、エルミオ最東端の街……ギルドと商業の街、ヴィスタスです。リンドガム永世王国の東部で、王都周辺を除けばここよりも賑わっている街はないでしょうな」

笑顔を向けられた僕は、ちょっぴり気恥ずかしくなってひとまず落ち着いた。

「ひょっほー……激やばデース……シラユキ、こーふん大爆発デース……！」

だけど、シラユキは興奮をもう抑えられないみたいだ。

「あらあら、目をキラキラ輝かせちゃって、かわいい子ね」

「トキヤ、こいつに鎮静剤でも飲ませてやれ。初めて見る街にテンションが上がりすぎて、このままだと鼻血でも吹いて倒れちまいそうだ」

「おねーちゃん、だいじょーぶ?」

ホリーやスカーレットに声をかけられ、彼女もやっと我に返った。

「……はっ！　だ、大丈夫デスよ！　ちょっと呆気に取られてただけデス！」

きっとあの調子じゃ、少し目を離した隙に人ごみに紛れていなくなるかも。見つけ出すのは造作もないけど、ユージーンの拳骨をくらうのはちょっとかわいそうかな。

「ふふっ。スカーレット、シラユキを見ていてくれるかな?」

「うん、任せて！」

僕のお願いを聞いてくれたスカーレットは、大きな笑顔で頷いてシラユキの手を引いた。

「す、スカーレット！　シラユキ、こんなにたくさんの人を見たのは初めてデス！　最後に森の外に出た時は、こんな街はなかったデス！」

興奮とちょっぴりの緊張が入り混じったシラユキと、馬車で新品の洋服に着替えさせてもらったスカーレット。街中ではしゃぐふたりの姿は、明るい日差しの下でよく映えるね。

「チッ……どうにも落ち着かねえな」

ユージーンはというと、同じく人ごみに慣れていない様子だ。もっとも、態度はシラユキとは真逆で、人の多さに少し苛立《いらだ》っているようにも見える。

「おふたりとも、随分と緊張なさっているご様子ですね。トキヤ様も、人里へ来られたのは初めてでしょうか？」

三者三様のリアクションを見て、ライナスさんは微笑んだ。

僕もただただ驚くばかりだったんだけど、それより先にどうしても気になることがある。

「そうなんですが……その前に、ライナスさん。トキヤ様なんて、かしこまらなくても……ライナスさんの方が年上なんです。トキヤ、と呼び捨てにしてください」

ずっと年上のライナスさんに恭しい言葉遣いをされるのは、嫌じゃない。

でも、どうしてもむず痒くなっちゃう。だって、仮に僕が前世と同じ年齢だったとしても、ライナスさんは目上の人間だ。普通に接してもらえた方が、落ち着くもの。

「ふむ……小さいのに、随分としっかりしているね。では、トキヤ君。エルミオ市に来たことはあるかい？」

幸いにも、彼は僕の頼みを素直に聞いてくれた。

親戚のおじさんのような距離感に安心した僕は、ライナスさんの問いかけに首を横に振った。

「いえ、さっきも言った通り、人里に下りてきたのは、これが初めてです。人がとても多くて、右を見ても、左を見てもお店や家屋ばかりで……ちょっと、戸惑ってます」

未だ人ごみに慣れない僕の表情を見て、ライナスさんは大笑いした。

「わっはっは！　初めて来た街がヴィスタスでは、そう思ってしまうのも仕方ないだろう。なんせここは、エルミオ市の流通のほぼすべてを担う街だ。とはいえ、さすがに王都の市場街には敵わないがね」

「市場街？」

「街そのものがひとつの大きなマーケットになっている、国で最も経済が動く場所だよ。興味があるなら、私の屋敷で話をしてあげよう」

なんだそれは、とっても気になるじゃないか。ヴィスタスでさえ山ほどの人がいて、常に商売が営まれているというのに、市場街とやらはここよりずっとすごいなんて。

聞きたい。本当なら屋敷まで我慢できない、今すぐ聞きたい。

「楽しみにしてますね、ライナスさん！」

そんな気持ちをどうにか抑えて、僕はいつになく、ぐっと手を握って答えた。

一方でシラユキはというと、露店で売っているケバブのような料理にくぎづけだった。

「スカーレット、あれはなんデス？　とっても美味しそうデス！」

「あれはね、なんだっけ……お肉にスパイスをいっぱいかけて、欲しい分だけ切ってくれるんだ！　あたし、串に刺さってるのを一本丸々食べられるよ！」

「シラユキもよゆーデス！　五本、いや、十本は食べられるデス！」

「じゅっぽん!?　すごーい！」

目を輝かせるスカーレットの傍で、シラユキの口から犬歯が垣間見え、よだれが垂れる。

「み、見てたらお腹が空いてきたデス……じゅるり……」

「あたしも……ママ、あれ買ってー っ！」

まるで娘がもうひとり増えたかのように、ホリーさんは困った調子で笑った。

「うふふ、仕方ないわね。すいません、クビナガリュウの串焼きを二本……いえ、五本……私も食べたくなっちゃったわ。十本、いただけるかしら？」

「はいよっ！　大銅貨、一枚だよ！」

そんなホリーさんもどちらかと言えば、ふたりに似ている節があるみたいだ。

三人はかば焼きのように串に刺された肉に、せーのとかぶりつく。

ちなみにこの世界の通貨については、行きがけの馬車でライナスさんに教えてもらった。リンドガム永世王国で使用されている王国通貨と為替は、小銅貨十枚で大銅貨一枚。大銅貨十枚

で小銀貨一枚。あとは同じ理屈で、大銀貨、小金貨、大金貨の順に価値が高くなってゆく。シンプルゆえに覚えやすく、王国が物々交換でなく、貨幣を広く普及させるのにも貢献したみたい。

そういえば僕、貨幣をまるで用意してなかったな。

ライナスさんのお世話になるのもよくないし、どこかで路銀を調達しておかないと。

「串焼きを買ってもらったかと思えば、今度は貴金属の露店に夢中かよ。ライナス、だっけか。子供の手綱を握っとかねえと、また森に迷い込んじまうぞ」

僕が資金源に悩む隣で、ユージーンは腕を組んで口を尖《とが》らせている。

「子供は元気なのが一番です。それに、今度森で迷ってしまった時は、シラユキさんが守ってくださるでしょう……きっと、ユージーンさんも、ね」

「ケッ。俺がそんな甘ちゃんに見えるのかよ」

「ライナスさん、彼の優しさは僕が保証します」

「お前は毎度、余計なことを言ってんじゃねえよ、トキヤ！」

いつもの調子で怒鳴るユージーン。

君の心根が優しいっていうのは、もうばれてると思うよ。僕が言わなくてもね。

「ふふふ……ふたりともいい付き人だね、トキヤ君」

「はい。いつも助けられてばかりで……かけがえのない友人です」

本当に、その通りだ。僕はいつもシラユキの明るさと、ユージーンの冷静さに助けられている。いつか、日頃の感謝も兼ねて大きな形で恩返しをしたいな。

もしヴィスタスでお礼をするとなると、物を買うにしてもサービスを受けるにしても、お金は必要不可欠になる。仮に他の地域で恩返しをするとしても、やっぱり人が住まう地域である以上、貨幣が必要になるね。

好奇心を優先して考えが回らなかったのは、僕の悪いところだ。

ううむ。ライナスさんの仕事の手伝いでもさせてもらうか、別の手段を探すか。

「……あの」

そんな風に僕が金策を考えていると、不意に後ろから声をかけられた。

振り返ると、エインズワース家の長男でスカーレットの兄、アイザックが僕の服の裾を軽く引っ張り、こちらをジッと見つめていた。

彼が声をかけてくれたのは嬉しいけれど、驚きも大きかった。なんせ、馬車の中では一度も会話できなかったからね。僕も何度か話しかけようとしたけど、人と話すのがあまり好きじゃないのか、軽く流されちゃったし。

だから、アイザックが僕をジッと見つめているのには、大きな理由があると思った。

「トキヤ……さん。さっきから、無防備すぎるよ」

事実、彼はちょっぴりくぐもった声で僕に警告をしてくれた。

「無防備、って僕のこと？」

「そうだよ。そのポーチ、トキヤさんが持ってるただひとつの荷物でしょう？」

アイザックが指さしたのは、僕が腰に提げているポーチだ。

「悪人が見れば、そこにトキヤさんの大事なものが全部入ってるって思うに決まってる。なのに、ずっと不用心に揺らして……いつ盗られても、おかしくないよ」

そうか。アイザックはずっと、僕が窃盗の被害に遭わないか心配してくれていたんだ。

一応ポケットディメンションに大事なアイテムは全部収納してあるんだけど、これで確信が持てた。アイザックは単に人と話すのが苦手なだけで、優しい気質の持ち主だ。

「荷物を盗られる、だって？　ここ、そんなに治安が悪いようには見えないけど……」

「まさか。この辺り、スリが多いんだ。トキヤさんみたいに外から来たのが丸わかりの人は狙われやすいよ。僕のスキルも、スリに遭う確率が高いって示してる」

「確率の、スキル？」

僕以外の人もスキルを持っている。聖獣以外とまともに会話をしたことがないから、すっかり忘れてたんだけど、人間が住む世界の常識だったね。

だとしても、アイザックの言うスキルは聞いたことがない。

「うん、『確率計算』ってスキル。僕、本が好きで……いろんな確率とか、可能性とか、そういうのをずっと、ずっと考察してたら、このユニークスキルが身についたんだ」

そう聞いて、僕はなるほど、と納得した。

（ユニークスキル……僕の時間魔法のように、才能や突発的な原因で身につけられるスキル、だったかな。発現条件が遺伝にすらよらないから、重宝されるんだよね）

聖獣の里の書庫で読んだ本が正しければ、ユニークスキルは非常に珍しいスキルだ。そのほとんどが特殊系に該当するけど、近しい能力、なんてものはほぼない。すべてが個性的で、なおかつ強力だ。ちなみに、僕の時間魔法も特殊系に該当する。

ふと、僕以外の特殊スキルはどんなものなんだろうと興味が湧いてきた。

「君のスキル、どんな感じなの？　よかったら見せてほしいな」

アイザックはちょっぴり考え込んでから、人差し指を立てて静かに呟いた。

「……『トキヤさんが、店に着くまでにスリの被害に遭う確率』」

すると、彼の指先から光の数字が現れた。

数字はタイプライターが文字を打ち出すように目まぐるしく変化し、やがてアイザックの眼前に、ひとつの数字が浮かび上がった。

デジタル調の数字は、【九十】と示していた。きっと、アイザックの言っていた確率だ。

「こんな風に……数字が出てくるんだ。今の場合だと、トキヤさんはほぼ確実にスリに遭う。もちろん、身を守ったり対策を取ったりすれば確率は下がるよ」

当たり前のようにそっけなく教えてくれたアイザックだけど、僕は正直、とんでもなく驚いていた。これは間違いなく、とてつもなく珍しくて強力なスキルだ。

確かに彼の忠告通り、このまま行けば僕は荷物を盗られるかもしれない。

でも、僕の場合は心配ないかな。仮に奪われても、ちゃんと対策はしてあるもの。

「アイザックは優しいね、忠告してくれてありがとう。でも、僕の私物は奪えないと思うな」

「……？　それって、どういう――」

アイザックが僕の真意を聞こうとした時、僕の背中にどすん、と衝撃が走った。

鍛えてあるからか、転ぶことはなかった。少しつんのめってしまった僕が振り返ると、そこには誰もいなかった。せわしなく行き来する人々ばかりだけど、よくよく見てみれば、その中でひとりだけ、身を縮めて立ち去る男の影がある。

まさか、と僕がポーチの中身を確かめるのと、アイザックが声をかけてきたのは同時だった。

「トキヤさん、今の……ポーチの中身、大丈夫⁉」

アイザックの心配は、見事に的中した。

僕が腰に提げたポーチの中身、薬の入った小瓶や携帯食料がすっかりなくなっている。

あの怪しげに立ち去った人が荷物を盗んだのかもしれない。

「やっぱり……さっきぶつかってきた男、きっとスリの常習犯だ！　父さん、トキヤさんの荷物がスリに盗られました！」

彼のひと言で、僕の周囲だけじゃなく他の人々も騒めいた。

「なんだと⁉　わかった、今すぐ自警団を呼んで……」

ライナスさんもアイザックもひどく慌てた様子だったけど、僕はあまり気にしていなかった。金目のものはないし、そもそも僕の荷物を奪うなんてまずできない。

「いえ、大丈夫です。これから荷物には戻ってきてもらいますので」

「え？」

だって、僕は時間魔法でちゃんと荷物にセキュリティをかけているからね。

「荷物の中身の時間をちょっと巻き戻して……『リワインド』！」

なにを言っているんだ、とライナスさんもアイザックも言いたげだけど、荷物を盗まれてそのまま放っておくほど、さすがに僕も間抜けじゃないさ。

手の甲の紋章をポケットの中で光らせて魔法名を呟くと、それは起こった。

僕達から少し離れたところで、誰かの困り声が聞こえた。

「う、うわわ⁉　なんだこれ、どうなってんだ⁉」

人々の視線が集中する先には、なんともおかしな光景が広がっていた。

ガラの悪い男が、ふわふわと宙を浮きながら僕のもとに戻ってくる荷物を追いかけてきている。どうにか掴もうとはしているけど、彼の力では到底止められない。

だって、あの盗まれた荷物の時間を巻き戻しているんだ。巻き戻しを解除するしか止める方法はない。掴んだくらいじゃ、すぐに引き剥がされるよ。

「ほら、ね？　荷物の方から、僕のところに帰ってきてくれるんだ」

ぽかんと口を開けるふたりに僕が笑顔を見せると、荷物がポーチの中に納まった。

ついでに、なにが起きたのかわからない調子の泥棒もやってきた。

「クソが、荷物がひとりでにガキのところに戻っていって……はっ!?」

どうにかして力ずくで荷物を奪い取ろうとしていたのか、男は肩で息をしていた。でも、僕やライナスさんの視線に気づいたのか、疲労を忘れ、今度は焦りを顔に浮かべた。

「この盗人め！　よりによって、私の娘の恩人の荷物を盗もうとするとは！」

怒鳴りつけるライナスさんや周囲の冷たい目線に、男は意外にも動じない。

「な、なに言ってやがる！　俺はこんなもん、盗んだ覚えはねえぜ！　だいたい、荷物は持ち主のところにあるんだから、俺が持っていった証拠はねえだろ！」

なるほど。屁理屈だけど、確かに証拠はない。

一応、僕の時間魔法を男にかけて巻き戻せば証拠になるんだけど、僕以外の人間に魔法の効果を付与するのは気が引ける。あまり試した経験もないし、万が一妙な反応を起こして爆発したりしたら――いや、ないか。

僕がありもしない仮定に耽《ふけ》っている間にも、これから自警団を呼ばれるかもしれないのに、やっぱり男は不敵に笑っている。

「へっ……」

そういえば、これに近い状況をユージーンとの戦闘訓練でやった記憶がある。

完全に無防備なユージーンに対して、僕がどう対処するかという訓練だ。

あの時は確か、無抵抗に見えるユージーンに僕が油断したんだ。なんの攻撃も仕掛けないと思い込んでいたけど、彼はすでに見えないように火を起こして、僕の裾を軽く焦がした。

慌てて火を消す僕に彼が言ったのは、『相手が余裕を見せているときは、必ず死角になにかを隠している』、だったっけ。

たぶん、この男もなにかを隠している。本来の目的を達成する、別の策を――。

「――痛だだだだ⁉」

僕がその答えに達する前に、ライナスさんの背後から鋭い悲鳴が聞こえた。

声のした方に視線を向けると、彼の後ろで、いかにも悪党といった風体の痩せた男が、苦しそうな顔で悶《もだ》え苦しんでいた。

「ユージーン⁉」

痩せた男の腕を捻《ひね》り上げているのは、ユージーンだ。

その後ろにはシラユキもいて、ライナスさんの財布を掴んでいる男を睨みつけている。

「フン、ひとりが気を引いてる間に、本命の商人のポケットを漁る算段だったみてえだな。追い詰められてるってのにまだ物を盗む根性は認めるが、相手が悪いぜ、雑魚野郎」

「スカーレット、ホリー、こっちに来るデス！」

そうか。僕達が追い詰めていた男はあくまで陽動役。本命はもっとお金を持っている方の財布で、自分に気を引かせている間にこっそりくすねるつもりだったんだ。

ユージーンが気づいてくれなきゃ、危うく被害者が増えるところだよ。うん、感謝。

「こいつら、ふたり組だったのか……！」

さて、こうなれば一転、余裕ぶっていた男の顔にありありと緊張が浮かび上がる。

ホリーさんやスカーレットが目撃者に追加され、遠くからは複数人の足音が聞こえてくる。

もしも自警団のそれなら、もう男に逃げ道はない。

「チィ……こうなったら、そこのガキでも人質にとって……！」

もはやなりふり構わず、男は僕を標的に定めたようだ。腰に隠したナイフを振るい、彼は無抵抗の僕めがけて突っ込んできた。

時間魔法を使うまでもない。人を傷つけるのはちょっぴり気が引けるけど、炎属性の魔法スキルで軽くあぶってやれば、戦意を喪失するに違いない。

そんな風に考えていた僕だけど、予想外の事態が起こった。

「危ない！　トキヤさん、僕の後ろに！」

なんとアイザックが僕を庇《かば》うようにして、悪漢の前に躍り出たんだ。

まずい、想定外だった。僕ひとりならどうにでもなるけど、アイザックに怪我をさせちゃいけない。というか、僕以外の誰かが傷つくのは、絶対にダメだ。

アイザックの掌に魔力が集中する。魔法を使うみたいだけど、きっとナイフの方が先に届いてしまう。時間魔法で時を巻き戻せば、質問攻めにあうかもしれないけど、彼は助かる。なら、どっちを選ぶかなんて言うまでもない。アイザックには、指一本触れさせない。

僕は時間魔法を発動するべく、右手に魔力を集め、手を突き出した——。

「——おいおい、大人が子供相手に凄《すご》むもんじゃねえって」

「うげぇ⁉」

——果たして、その必要はなかった。

颯爽《さっそう》と現れた何者かの蹴りが、悪漢のナイフを弾き飛ばしたからだ。

手を押さえてうずくまる悪漢の前に、群衆をかき分けて現れたのは、無骨としか言いようのない出で立ちの男だった。

咄嗟《とっさ》に鑑定魔法を使った僕の目に映る情報によれば、身長百八十センチ弱。白髪交じりのツーブロックと無精髭が目立ち、肌はやや濃い目の色。腰布とマフラーを巻いたワイルドな風体で、さすらいの戦士と言われても納得できる。

そして、鑑定魔法が示した名前は。

「お、お前……ダリル・ゴーディ……！」

悪漢のうめき声が示す名前と同じ。ダリル、というらしかった。

「みみっちい小悪党にも俺ちゃんの名前が知れてるたあ、光栄だな」

ダリル、さん、と呼ぶべきかな。

彼はにかっと歯を見せて、不敵に笑った。

「だが、運が悪かったな。お前さんが狙った相手は、俺ちゃんの旧友の息子なのさ。自警団が来るまで、ちょっくら眠ってるんだなっ！」

「ぶごっ！」

そして再び放った蹴りの一撃で、今度こそ悪漢を倒してみせた。

痙攣《けいれん》するだけになった男と、ユージーンが捕まえた彼の仲間は、たちまち到着した自警団に取り押さえられ、どこかへ連れていかれた。辺りはまだざわついているけど、ひとまず騒動は解決した、と思っていいだろうね。

とはいえ、謎も残っている。僕達を華麗に助けてくれたダリルさんが、何者か。

その答えは、安心した様子で額の汗を拭うライナスさんが持っていた。

「助かったよ、ダリル。そこのトキヤ君はスカーレットの命の恩人なんだ」

「ほーう、そりゃあ驚いた。確かに、あまりこの辺りじゃ見かけない面子をライナスが連れ歩いてると思ったが……」

ダリルさんは顎に指をあてがって顔を寄せ、最初に僕を、次にユージーンを見つめた。そしてスカーレットやシラユキに視線を移したところで、うんうん、と頷いた。

「街の外で出会ったってところか。大方、スカーレットがまた家を飛び出して、どこぞで大冒険を繰り広げてきたんだろ？　俺ちゃん、わかっちゃうんだなあ、これが」

「どうして、そこまで……？」

「仕事柄、とでも言っとくか。こう見えて勘は鋭いんでね……おっと、自己紹介がまだだったな」

彼はこれまた、にっと笑って、マフラーをたなびかせながら言った。

「俺ちゃんの名前はダリル・ゴーディ。そこのライナスとは、旅商人と護衛の関係だった頃からの仲で、今はただのしがない冒険者だよ」

六章　冒険とギルド、興奮の時

冒険者。

前世と現世、ふたつの意味で、本の中でしか知らない職業の相手に、思わず僕のテンションは上がった。それこそ、ダリルさんの手を握ってしまうほどにね。

「冒険者！　本で読んだことはあるけど、会うのは初めてで感激です……！」

「よせやい。冒険者っつっても、今は名前だけだっての」

目を輝かせる僕に対して、ダリルさんは少し照れた様子で答えた。

ただ、彼の口調は、自分を卑下しているようにも聞こえた。

「そりゃあ、冒険者は、少し前までは富裕層や国家から未開の地の調査依頼を受ける開拓者だったぜ。今は違うさ、ちょっと危険な日雇い労働、ってとこだ」

「謙遜しないでいいだろう、ダリル。ドラゴンをひとりで討伐できる冒険者など、後にも先にも君だけだろうよ」

「ドラゴンを、ひとりで……!?」

いいや、ライナスさんの話が正しければ、やっぱりダリルさんはすごい人に違いない。

里の書物に記してあったけど、ドラゴンは普通の魔獣とは一線を画する存在だ。聖獣であるユージーンは別格として、純粋な戦闘力ならその聖獣に匹敵する竜も、長い歴史の中では存在していたらしい。そんな怪物を単身倒すなんて、もはや人間じゃない。

そういえば、彼を鑑定した時、魔力はほぼ皆無だけど、体力は十万近かった。スキルも『剣術』『鞘《さや》格闘術』『投擲《とうてき》術』などをまんべんなく会得し、しかも十前後の高いランクを保っていた。もちろん、冒険者らしく『開錠』などの技術も兼ね備えている。世が世なら、彼は剣聖、生ける伝説になってもおかしくない。

なのに彼は、謙遜するかのように頭をかき、げらげらと大笑いした。

「おいおいおい、ライナスの話を真に受けない方がいいぜ!?　ドラゴンつったって、まだちっせえ子供ドラゴンだっての！」

僕はとてもそうは思わないけど、僕の隣の聖獣は彼の実力を笑い飛ばした。

「当然だ。人間に大人の竜を倒せるわけがないだろ」

ユージーンは、同じドラゴンとして、どうしてもダリルさんの武勇伝を信じられないみたいだ。というより、自分ならイチコロだ、と言いたそうにしていた。

「……？　随分とドラゴンに詳しいんだな、そこの兄ちゃんは？」

「ハッ、そりゃそうだ。俺はな……」

軽い挑発に乗りかけたユージーンの言葉を、僕は慌てて遮った。

「あ、こ、こちらも自己紹介がまだでした！　僕はトキヤ、森の向こうからヴィスタスに来た旅人です！　ふたりは仲間のシラユキと、えっと、ユージーンです！」

「シラユキデス！　よろしくデス、ダリル！」

「……フン」

シラユキがいつもの明るい表情を見せる一方で、ユージーンは不機嫌そうに会釈した。

取り繕うような調子になっちゃったけど、どうにかユージーンとダリルさんの衝突は防げたみたいだ。こんなところで喧嘩《けんか》なんてしたら、大問題だよ。

「ダリルだ、よろしくな。ところでライナス、ホリー、恩人さん達を連れてどこに行くつもりだったんだ？」

「屋敷に招待して、おもてなしするつもりよ。よかったら、ダリルさんもどうかしら？」

ダリルさんは、ホリーさんとも仲が良いんだね。家族ぐるみの付き合いかな。

「おっ、いいじゃねえか！　俺ちゃんも……と、言いたいところだが、役場に用事があってな。冒険者ギルドに、このドレイクの首を納品しないといけねえんだ」

――はい、僕の中の細かい考えは今、全部吹き飛びました。

ダリルさんの発したとあるキーワードは、僕の異世界への好奇心を完全に爆発させました、うん。

「冒険者ギルド⁉　アイザック、ここにギルドがあるのかい⁉」

ほとんど間髪を容れず、僕は自覚すらしないままにアイザックの手を握りしめて、彼を問い詰めていた。あまりの形相なのか、彼はちょっぴり引いてるけど、そんなの関係ない。

だって、冒険者ギルドだよ。異世界転生者なら誰でも憧れるに決まってるよ。

「ま、まあ、ヴィスタスの場合は役場と同じ建物の中にあるけど、そんなに珍しいものじゃないよ？　冒険者の数も多くて、騒がしくて、僕はあんまり立ち寄らないし……」

「すっごいんだよ、冒険者って！　筋肉モリモリマッチョマンとか、あたしよりずっと背が高くて強い女の人とか、みーんなとってもカッコいい人ばっかりなの！」

アイザックとスカーレットの説明に、僕は確信を得た。

小説の中で憧れた冒険者達とそれを擁するギルドがこの街にある。

「そうなんだ……！」

思わず笑みをこぼしてしまった僕を見て、ダリルさんがにっと笑った。

「その顔を見る限り、冒険者に興味あり、って感じだな」

「えっ？　あ、いや、それは……興味ありというか興味津々、です！」

「ほうほう！　俺ちゃん、正直者は嫌いじゃないぜ！」

目を輝かせていると思う僕の肩に手を回して、ダリルさんがライナスさんに言った。

「ライナス。おもてなしもいいが、しばらく街に滞在するなら、役場で長期の滞在証を申請といた方がいいんじゃねえか？　ついでに、冒険者ギルドの見学も兼ねてな」

「ははは、いい提案だ。ダリル、お前もついてきてくれるか？」

「俺ちゃんが言い出したんだ、もちろんだぜ」

ライナスさんは旧友の肩を叩いて快諾した。

すると、僕の後ろからおずおずとアイザックが手を上げた。

「……あの、僕もついていっていいですか」

これには、僕だけじゃなくてダリルさんやライナスさん、ホリーさんも驚く。アイザックを印象だけで語るのは失礼だけど、冒険者稼業には関心がないと思ってたよ。

「おっと、アイザックの坊ちゃんまでついてくるとはな。もちろん、大歓迎だ」

「だったら、私とスカーレットは先に屋敷に戻っておもてなしの準備をしておくわね」

ホリーさんがぱん、と手を合わせると、今度はシラユキが八重歯を見せて飛び跳ねた。

「シラユキもお手伝いするデス！」

「やったー！　おねーちゃん、あたしと一緒にお料理しようね！」

「任せるデス！　お肉料理を、皆にじゃじゃーんと振る舞ってあげるデス！」

シラユキとスカーレットが手を繋いではしゃぐのを見て、ホリーさんはにこにこと笑っていた。ただ、それからライナスさんをじろりと睨む目つきは、とても同一人物とは思えないほどの気迫がある。

「ライナス、夕飯までには帰ってきてちょうだいよ。あなた、ギルドに行くとしょっちゅうお酒を飲んで遅くに帰ってくるんだもの」

ああ、そうか。ライナスさんは酒癖がちょっぴり悪いみたい。

彼が流す、滝のような汗がその証拠だ。ついでにそれは、ホリーさんが怒ればどれほど怖いかを示す指標でもあった。きっと自業自得で、とても怖い目に遭ったんだろうね。

「今日は客人がいるんだ、心配ないさ！」

「そう言って、一昨日は王都から来た商人をずっと待たせたじゃないの！　ダリルさん、うちの旦那が酒瓶に手をつけたら、遠慮なく利き手を斬り落としちゃってちょうだいね！」

「おうとも！　酒に浸けて、持って帰ってきてやるさ！」

「手厳しいなあ、ホリーは……」

ただ、苦笑いするライナスさんには、畏怖よりも信頼や愛情が強く見えた。

この人だから愛せる、この人だから面倒を見たい――そんなふたりの気持ちが見えるみたいだ。

（ホリーさん、随分肝っ玉の据わってる人だな。きっと、おっとりしてるライナスさんに代わって、いろんなところを引きしめてる奥さんなんだろうね）

ちょっぴり羨ましく思っていると、ダリルさんが僕の手を引いてくれた。

「それじゃ、ライナスに代わってここからは俺ちゃんが案内役だ。ついてきな」

こうして、僕はダリルさん、ライナスさんとアイザック、そしてユージーンと一緒に、ここから少し離れた冒険者ギルドへと向かうことにした。ホリーさんはシラユキとスカーレットを連れて、エインズワース邸に帰っていった。

ギルドに続く通りを歩く道中、ダリルさんとライナスさんは、まるで学校の同級生のようにいろんな話に花を咲かせていた。ユージーンは、まだ僕を狙ってくる悪党がいるかと警戒しているのか、歩く人に片っ端からガンを飛ばしてる。威圧感、すごいなあ。

そんな中、アイザックは僕の方をちらちらと見ては、なにかを言いたそうにしてた。なにを伝えたいかはわからないけど、彼と話したい僕は彼の脇を肘で小突いた。

「ねえ、アイザック。さっき、僕を助けようとしてくれたよね？」

悪漢が僕をナイフで脅そうとした時、結果的にはダリルさんが助けてくれたけど、僕を真っ先に庇ってくれたのはアイザックだった。いくら掌に魔力を集中させていたといっても、刃先を向けられてなお避けようとしないのは、なかなかの胆力だ。

「……そ、そんなのじゃない」

アイザックはというと、もごもごと口を動かしながらそっぽを向いた。

「君は街に慣れてないし、僕はこう見えて王都の魔法学院を卒業してるんだ。人質になっても魔法で撃退できる確率が高かったって、それだけだから」

耳の先まで真っ赤にして言い訳をするアイザックが、僕にはとても愛らしく見えた。

魔法学院についてはあまり詳しくないけど、小説で得た知識で言うなら、僕が憧れる第二の要素。これまた、物語の舞台になりうる世界だ。しかもアイザックはそこを卒業してるっていうじゃないか。きっと魔法に熟達してて、敵を撃退する術もあったはずだね。でも、仮にそんなものがなくても、身を挺してくれた彼の気持ちがなによりも嬉しいんだ。

「ううん、君のおかげで助かったよ。僕を庇ってくれてありがとう」

「……トキヤさん、いい人なんだね」

ちょっぴりはにかんだアイザックが、脇腹を小突き返してきた。

ようやく緊張が解けた様子の彼の視線は、ダリルさんに向いていた。たぶん、「聞きたいことをたくさん聞いておいた方がいいよ」と言っているんだと思った。

だったら、うん、お言葉には甘えておこう。

「そういえばダリルさん、冒険者って誰にでもなれるものなんですか？　特別な資格が必要だったり、なにかしらの試験をパスしたりとか、条件があるんでしょうか？」

「おっ、冒険者を志望するのか？　若いもんの志願者は少ないから、俺ちゃん大歓迎……」

話している途中でダリルさんは、どうにもばつの悪そうな表情を見せた。

「……と、言いたいところだが、あんまりおすすめはできねえな」

「どうしてです？」

「冒険者って肩書きを持ってるだけで、酒場でちやほやされたのは、もうずっと昔の話さ。魔獣をひとりで倒せるくらいの技量を持ってるなら、登録するだけでなれる。今じゃただの、日雇いのどん詰まりってとこだぜ」

彼の言い分が僕を冒険者稼業から遠ざける詭弁《きべん》じゃないというのは、ライナスさんやアイザックの表情からもわかった。

「世間知らずの金持ちや貴族のわがままを聞かなきゃいけないのも、冒険者を嫌がる連中が多い理由だ。少し前にも、高額の報酬につられて無茶な依頼を受けて、死んだ奴がいたよ。まだガキが三つにもなってねえってのに、ひでえ話さ」

そう聞いて、僕は気持ちをギュッと引きしめた。

ダリルさんの言う通りなら、この世界において、冒険者は腕っぷしと豪胆さが取り柄の職にあぶれた人々が最後に行きつく場所だ。

きっと、憧れだけで「なりたい」なんて、半端に言える仕事じゃないと思った。

もしも仕事を紹介してもらえるなら、僕も真摯に望まないと。

「報酬に目が眩《くら》んだだけなら、遅かれ早かれあっさりと死んじまう。こなせる依頼をはっきりと見極めるのも、ランクを上げるには大事なもんさ」

「ランク……やっぱり、冒険者にはランクがあるんですか？」

「おう、あるぜ。駆け出し冒険者は銅等級からスタートだ。そこから実績を認められれば銀、さらに街や市に貢献したと判断されたら金等級になる。もし、金にまで登り詰められりゃあ、さすがに冒険者といえど注目を浴びるくらいの人気者にはなるさ」

「じゃあ、ダリルさんは……」

「もちろん、金等級だ」

彼が首に提げているネックレスの先には、金色のタグがぶら下がっていた。金等級を示すアイテムか、あるいは昇格の記念にもらえる装飾品かな。

「私の馬車の護衛を頼んだ時は、まだ銀等級だったよ。だが、あの頃からダリルには光るものがあった。戦闘に用いるスキルはもとより、物事の順位を見極められる目があった。だからこそ今日まで彼は、冒険者として生き延びられたのだよ」

ライナスさんが、まるで自分の自慢をするようにダリルさんを褒める。

「そうそういないんだぜ、金等級ってのは。たいてい、その等級になるまでに冒険者を引退するか、どこかでくたばっちまうからな」

「真っ当な職に就く人も多いよ。ダリルさんみたいに、依頼者の方から名指しされるくらいの腕前ならまだしも、冒険者だけで食べていくのは難しいから」

「アイザックも冒険者になりゃあいいじゃねえか。今の細い体つきより、俺ちゃんみたいにマッチョになれば、街で女の子に声をかけられる人気者になれるぜ？」

つんとした調子で話すアイザックの肩に手をかけて、ダリルさんが言った。

だけど、アイザックは慣れた様子で彼の手を払いのけた。

「やめとく。部屋は汚いし、家事なんてちっともできないし、たまにうちのシャワーを浴びに来て、夕飯をこれでもかって食べていく人にはなりたくないし」

「わっはっは、それもそうだな！」

大笑いするライナスさんだけど、それはつまり、アイザックが言っていたことをしても怒っていないというわけだ。むしろ、家族の一員として迎え入れているに違いない。

（それだけ信頼されてるって証拠だね）

旧友同士、固い絆《きずな》で結ばれているんだね。

僕も大きくなったら、ユージーンとこんな調子で話し合うのかな。今は冗談なんか言ったりすると、頭をげんこつでぐりぐりされちゃうけど。

「そこまで言わなくてもいいじゃねえか……お、話をしてりゃ、到着だ」

苦笑いするダリルさんが指さす先には、他の建物よりもずっと大きな施設があった。

大きな扉と赤い屋根が特徴的なそれは、まさしく僕が想像した通りのギルド――集会所そのものだった。近くには公園や専門店らしい店がいくつも立ち並んでいて、ヴィスタスで一番賑やかだと言っても過言じゃない。

ただ、建物の中に入っていく人は、僕がイメージする冒険者だけじゃなく、さっきからよく見るようないわゆる普通の街の住人も多く見受けられる。ここには、冒険者ギルド以外の役割があるのかもしれないね。

「すごい人だかりですね。さっきの通りよりもずっと多いです」

「そりゃあ、街に住むのに必要な申請ができる場所と、冒険者関係の施設がここに集中してるからな。喫茶店も隣にあるし、朝開いてから夕方に閉まるまで、ずっと人が入り浸ってるのさ」

ビンゴ。要するに、この施設は冒険者ギルドであり街役場だ。

ダリルさんが扉を開いて中に入ると、そこは街以上にファンタジーの世界だった。

中央に鎮座する巨大なカウンターの内側には、とんでもなく大きなボードにこれでもかと書類が貼りつけられている。受付嬢は冒険者と話したり、事務仕事に追われたりしている。

少し離れたところでは、これまた違う服装のスタッフが様々な手続きを行っている。さらに手前には、人々の憩いの場らしいテーブルがずらり。隣には喫茶店まであるらしいし、住民が集まるのも頷ける。

「ここ……人でごった返してて、やっぱり苦手だ」

ついでに、アイザックとユージーンは渋い顔をしている。

「役場とギルドから人がいなくなるなんてのは、残念ながらありえないぜ、アイザック！　それこそ、地下から爆弾でも掘り出されて、みーんな逃げ出さない限りはな！」

「わはは！　もしもそうなったら、エインズワース商会は大損だな！　なんせここに来る途中に見えた店は全部、私の傘下にあるのだから！」

さらりとライナスさんは言ってのけたが、僕は危うく目玉が飛び出そうになった。

ここに来るまで、少なくとも二十、三十、いや、もっとお店があった。その全部がライナスさんの管轄下にあるなんて。

どうなってるんだ、エインズワース商会。貴族並の権力とかありそうだね。

「そうだな、今や街の工商はエインズワース商会の天下だ。それにライナス、もしも爆弾が見つかったって、お前さんは簡単に街から逃げ出しそうにないじゃねえか、ククク！」

「……商人ってのは、肝が据わってやがるな」

半ば呆れるユージーンの傍でライナスさんは手をぽん、と叩いた。

「さてと、早速だが、トキヤと付き人さんの滞在証をもらうとするか。ついでにトキヤ、お前さえよければなんだが、冒険者登録もしておくか？」

「できるんですか⁉」

今度こそ、僕はたぶん、目玉が飛び出たと思う。

小説の世界で憧れていた冒険者になれるなんて。

「おうとも。住民証を使った本格的な登録でないと、銀等級以上の依頼は受けられないけどな。冒険者の仕事を試すだけなら、二、三件、好きな依頼を受けて、どんな仕事か体感してみるのもいいんじゃねえか？　路銀稼ぎにもちょうどいいはずだぜ」

路銀を稼ぐ機会と、冒険者という仕事に挑める機会。真剣に仕事に臨むのは当然として、こんなチャンスを逃すのなら旅に出た意味がない。

「ぜ、ぜひ、お願いします！」

「うんうん、いい返事だ！」

僕がぶんぶんと首を縦に振ると、ライナスさんがカウンターまで案内してくれた。

もう話を聞いていたのか、受付嬢が僕を待ってくれていた。

「では、トキヤ様。こちらへどうぞ」

受付嬢が紹介した先には、珍妙なアイテムが置いてあった。

真っ白なテーブルの上にあるのは、王国で使われているアルカ公用語でも、僕の知っている文字でもない楔形《くさびがた》の字が刻まれた、青白く光る石板。こんなの、聖獣の里でも見たことがないや。

「……これは？」

「『ステータス・ボード』です。トキヤ様の情報を引き出し、登録してくれます」

受付嬢の説明でもピンとこない僕の肩に、ライナスさんが手をのせた。

「少し前まではすべての情報を、鑑定魔法で見た上で、紙に記して保管していたんだがね。これが発明されてからは、手で触れるだけでボードそのものに情報が保管されるようになったんだよ。いやはや、便利な時代になったものだ」

たまげた。聖獣の里の外にここまで便利な道具があるなんて。

これが普及すれば、魔法が使えない人でも様々なものを鑑定できそうだ。

「すごい……どの街にも、こんなアイテムがあるんですか？」

「いいや、このアイテムそのものはまだ試験段階でね。全住民の情報を記録するのに時間がかかるし、紙を信頼する区域もある。国内で採用しているのは、ここと市場街、王都くらいだろう。だが、慣れてしまえば、これほど便利な記録装置はないよ」

「人間が作ったにしては、随分とハイスペックだな」

ユージーンが素直になにかを褒めるというのは、それがハイスペックである証だ。

「先の戦争以来、王都の技術者は戦いに使っていた技術を生活の向上に向けたのだよ。これもその一部さ……過ちから、学べる物事もあるというわけだ」

僕を含め、人間が戦いからなにかを学ぶ、というのは、どの世界でも同じみたいだね。

「俺とここにいないシラユキは、ボードに触れなくていいのか？」

「ユージーン君が冒険者として依頼をこなしたいというのなら、ボードに登録する必要がある。だが、そうでないのなら、仮の滞在証を持っているだけで街の中を自由に歩き回れるよ。どうするかね？」

「……興味はねえな」

つん、とユージーンがそっぽを向くのを、ライナスさんは知っているようだった。

「うむ、ならばシラユキ嬢の分の滞在証も含めて、特例として私が出しておこう。さあ、トキヤ君。手をボードの上にかざしたまえ。それだけで登録は完了するよ」

「わかりました。ところで、どんなステータスが登録されるんですか？」

「名前や性別はもちろん、体力と魔力の数値、所有するスキルに犯罪歴、過去の経歴が登録されます。住所や家族構成、他の情報は後で、自分で追記するようになっています。特に、犯罪者は監獄で魔法を使った印を彫り込まれるので、ごまかしても、あまり意味はありませんね」

「プライバシーもへったくれもねえな」

「隠しごとをするような奴なら、住民証は渡せねえさ。よっしゃ、早速登録だ！」

急かすようなダリルさんの言葉に背中を押され、僕はステータス・ボードの前に立った。妙な威圧感を覚える半面、不思議な温かさのある光を板は放っている。

どう使うかを知らされていなかったけど、きっと、ボードに手をあてがうはずだ。

これで僕のステータス、つまりスキルや体力、魔力を――。

（……あれ？　そういえば、僕のスキルって……）

ふと、思い出した。僕が最後に自分を『鑑定』したのは、いつだったかな。

確か聖獣の里で、魔法を覚えてランクが上がるたびに楽しくて毎回鑑定していたような。けど、いつからか、自分の能力値は大体理解できるようになってしなくなった。

そんな僕は今、スキルをどれだけ持っているのか。そもそも、人に言っちゃいけないスキルも持ってたような。

――あるじゃん。人にはあまり言えないとんでもない魔法、その他諸々。

「ちょっと待て、トキヤ！」

ユージーンが鋭い言葉を飛ばした時には、遅かった。

ステータス・ボードが煌めいたかと思うと、僕の能力を光る文字で空中に映し出した。細かな文字で、これでもかと。

「……え？」

そしてそれらを目の当たりにした途端、辺りは騒然とした。

なんせ僕のスキルは――とんでもない量とランクになっていたんだから。

「――な、なんですか、これ!?」

アイザックが素っ頓狂な声をあげた僕のステータスは、こうだ。

体力…17万
魔力…2億
基本系…超体力15・直感4・超回復15・肉体活性20・各種状態異常無効16・家事7
魔法系…高等四大属性魔法20・無属性魔法15・従属魔法4・魔法合成17・錬金術魔法10・鑑定魔法7・魔力感知9・体内魔力操作12・魔力吸収5・魔力放出19
武術系…拳撃・蹴撃・剣術・棒術・槍術・弓術・投擲術・見切り・陰陽拳法・騎士格闘・肉体硬化・受け身・食いしばり各種11
学知系…魔法学・薬学・動植物学・魔獣学・聖獣学・歴史学各種15

特殊系…神の加護20・神の寵愛19・幸運13・時間魔法∞

（し、しまった！　ついうっかり、スキルを開示しちゃった！）

仮に鑑定魔法が使えないとしてもわかる。我ながらこんな化け物のようなスキルの持ち主、いいや、人間が存在するはずがない。

完全に油断していた。聖獣の皆と一緒だったし、もとからあまり自分に自信があるタイプじゃなかったから、自分の感覚が麻痺《まひ》しているのに気づかなかった。

しまった、と思った時には、僕の周りにすごい顔をして皆が押し寄せてきていた。

「トキヤさん……この数の魔法スキルとランク、本当にトキヤさんがこれだけの力を持ってるの⁉　というか、魔力が二億って、どうなってるんだ⁉」

「それに、この武術スキル！　お前さんみたいなちっさい坊主のどこに、こんなパワーが秘められてるってんだ⁉　俺ちゃん、すんげえびっくりだぜ！」

「加護の数も並じゃない……なにより、『時間魔法』だって？　こんな魔法、私は一度も聞いたことがない！　トキヤ君も、アイザックのようなユニークスキルを持っているんだね！」

聖獣の里で生まれた時よりもずっと迫真の形相で迫る顔、顔、顔。

「スリから荷物を奪い返したのも、僕の知らない魔法なのか？」

「実に興味深い！　トキヤ君、妙に達観していると思っていたが、君は何者なのかね⁉」

　非常にまずい。一瞬考えたけど、ごまかすのは無理だ。

「あの、えっと、その、これはですね……！」

　どうしたものか、と僕が滝のような汗を流しながら、どうにかうまい言い訳を探していると、ユージーンが僕と皆の間に割って入ってくれた。

「――なにをぎゃあぎゃあ騒いでんだよ。どう見ても登録ミスだろうが」

「『へ？』」

　ぽかんとする一同。その中には、僕も含まれている。

「登録、ミス？　ステータス・ボードにそんなことは、一度も……」

「だったら、もう一度トキヤの手をのせてみろよ」

　言われるがまま、受付嬢の手が僕の手に重なり、もうなにも表示しなくなっていたステータス・ボードに寄せる。ユージーンにどんな意図があるかはともかく、もう一度同じ情報が出れば、今度こそ言い訳できない。

　僕はきっと、出自等の情報を洗いざらい吐き出す羽目になる。

「ユージーン、まずいよ！　ただでさえ質問攻めにあってるのに、これ以上ステータスを開示したら、どうなるか……！」

「黙ってやれ。俺に合わせろ」

囁《ささや》くようなユージーンの声に従い、とうとう僕は、ボードの上に手を置いた。

現実から目を背けるように目を瞑《つむ》り、数秒の沈黙ののち、目を開いた。

「……あれ？」

――そこに表れたステータスは、さっきとは比べ物にならないほど、平々凡々だった。

どんな数値が表示されるのかと期待していた皆の目が、点のようになった。僕もそのうちのひとりで、まさかさっきまで二桁越えのランクを持つスキルが、すべて一桁になるか、なかったものとして扱われているのだから、驚いて当然だ。

「魔法スキルの数も普通、ランクも……普通だね」

「加護もあるけど、それほど珍しくねえな……」

狐《きつね》につままれた顔をする一同の前で、ユージーンが鼻を鳴らした。

「言ったろ、登録ミスだって。あんな数の魔法スキルと武術スキル、加護を持ってる人間がこの世の中にいるわけねえだろうが。受付嬢、さっさと登録を済ませろよ」

「は、はい。こちらで冒険者登録を行います。明日には依頼を受注できるようになっていると思いますが、受注できるのは銅等級の依頼だけです。また、一度依頼を理由なくキャンセルすると、資格そのものを一時的にはく奪されますのでご注意ください」

「わかりました」

僕が掌を離し、受付嬢がボードに触れると、それは緑色に光って、その後はうんともすんとも言わなくなった。きっと、これの中に僕のデータが保存されているんだろう。

ボードの下のテーブルから出てきたプラスチックの板のような掌大のアイテムを受付嬢が手に取って、僕に渡した。アルカ公用語で記されているのは、僕の名前と、【短期間滞在証】の文字。

とにもかくにも、無事に僕はヴィスタスに迎え入れられたみたいだ。

「すまない、トキヤ君。とんだ早とちりをしてしまったようだ」

「いえいえ、そんな……」

ライナスさんが申し訳なさそうに謝り、野次馬がぞろぞろと散っていく中で、僕はユージーンに軽く視線を投げた。彼も、僕が会話をしたいと思っているのに気づいた。

「どうやって情報を隠したの？」

「無属性魔法、『幻惑魔法』を使ったんだよ。人間が使うランクなら姿かたちを変える程度だが、聖獣が使えば話は別だ。鑑定したステータスの書き換えを、魔法の残滓《ざんし》も残さずに、誰にも気づかれずに書き換えるなんざ造作もねえよ」

聖獣ってすごい。もう、何度こう思わされたか。

「……人間の姿になって弱体化したって、本当なの？」

「当たり前だろ。普段の姿なら、山の風景をもろとも海に見せることだってできるぜ」

「それはすごいね……ともかく、恩に着るよ、ユージーン」

「いいや、危険を見抜けなかった俺にも責任はある。お互い、気をつけねえとな」

「うん、気をつける」

僕達のひそひそ話が終わるタイミングで、ライナスさんが声をかけてきた。

「ユージーン君、君とシラユキ嬢の分の滞在証だ」

「どうも」

滞在証を受け取ったユージーンの隣で、ライナスさんは歯を見せて笑った。

「さて、これでしばらくヴィスタスを堪能できるようになったな。トキヤ君は明日から、冒険者の仕事をするといい。今日は、屋敷に帰るとしようか」

彼だけじゃない。ダリルさんもどこかうきうきしている理由を、僕は知っている。

「自慢じゃないが、私の妻と娘は料理が得意でね。期待しておきたまえ、トキヤ君」

今日の夕飯は、ホリーさんの手作りだ。

久しぶりに、誰かが作った料理を食べられる。

そう考えただけで、僕の胸は高鳴った。


エインズワース邸は、ギルドから南の方角にしばらく歩いたところにあった。

辺りの家屋がおままごとの家に見えてしまうほど大きな屋敷だ。

その門をくぐり、何十人もの使用人の列を通り過ぎて、左右前後を見回しても延々と続いて見える廊下と、無限にすら錯覚してしまう部屋とドアを横切り、僕達は食堂へと案内された。

そこにはもう、ホリーさんやメイドさん、シラユキにスカーレットが準備した豪勢な夕食が、白いテーブルクロスの上にずらりと並んでいた。

整然と並べられた陶磁器の食器とフォーク、ナイフ、スプーン。山盛りのチキンとサラダ。鍋に波打つホワイトシチュー、籠にこれでもかと詰め込まれた細長いパン。どれもこれも、冗談みたいな量が用意されている。

僕の元いた世界と、食材の名前が一致してるのは奇跡か、それとも神様の計らいかな。

まあ、今となってはどうでもいい話だ。

「さて、世話になったお礼だ！」

「皆、遠慮なく、お腹いっぱい食べてちょうだい！」

笑顔のライナスさんとホリーさんが大きく手を広げて、楽しい晩餐《ばんさん》会が始まった。

エインズワース一家と僕、ユージーン、シラユキの間に、わっと和やかな空気が広まる。

「もう我慢できないデス、かぶりついちゃうデスーっ！」

シラユキはマナーもへったくれもなく、チキンを骨ごとバリボリと噛み砕いている。普通の食事会なら顰蹙《ひんしゅく》を買うかもしれないけど、ホリーさんは手製の料理をこんなに美味しそうに食べているのが嬉しいのか、ずっと微笑んでいる。

スカーレットもがぶ飲みの如くシチューを食べる一方、アイザックとユージーンはナイフとフォークを器用に使い、黙々と夕飯を食べていく。なんとも両極端な光景だ。

おっと、ぼんやりしてると僕の分を食いっぱぐれちゃう。

メイドさんがよそってくれたホワイトシチューを、僕は静かに口に入れた。

「……美味しい……とても美味しいです、ホリーさん！」

自分で作った料理より、なんというかこう、とっても温かい。温度の話じゃなくて。

率直な僕の感想を聞いて、ホリーさんは口に手を当てて笑った。

「うふふ、それはよかったわ！　おかわりし放題よ、じゃんじゃん食べてちょうだい！」

「ママとスカーレット、シラユキおねーちゃんで作ったんだよ！　お夕飯の後はケーキも用意してるから、皆で分けて食べよーねっ！」

「ケーキ……クク、そりゃ楽しみだ」

久しぶりに甘味を食べられると聞いて、ユージーンの口元が緩んでいた。知らず知らずの間に、自分が笑顔になってるのにも気づいてないくらい、嬉しいみたい。

こんなところがあるのに、獄王竜は無理があるでしょ。

「ところで、トキヤ君。先ほどシラユキ嬢に聞いたのだが、君は料理を持ち運びできるらしいね。ひとつ、見せてもらいたいのだが？」

そんなことを考えていると、ふいにライナスさんに声をかけられた。

「あ、はい」

僕はスプーンを置いて、軽く指を鳴らす。あまり知られていないけど、熟達すれば、呪文を心の中で唱えずとも、こういった仕草だけで亜空間を発生させられるんだ。

「空間魔法が使えるんだ……道理で、荷物が少ないわけだね」

目を丸くするアイザックの向かい側で、僕は鉄製の缶を取り出した。

錬成魔法で蓋を開け、中身の凍った料理を見せると、ライナスさんは興味深げに身を乗り出した。商売人として、なにかアイデアを見出したのかな。

というか、缶詰自体をちゃんと作れれば、それこそ大発明だ。もしかすると、ライナスさんはこれをベースにして缶詰を作ってしまうかもしれないね。

「ほう……料理を凍らせるのか。それに、金属の入れ物に食事を詰めておくとは……確か、商船の食料に樽《たる》いっぱいの塩漬けの魚があったが、用途は同じと思っていいのかね？」

「はい。僕の技術と知識では再現できませんでしたが、将来的には長旅用に常温での長期保存が可能になると思います。だけど、保存に伴って金属の成分が溶け出すと、中毒になる可能性があります。瓶なら、保存期間は劣るんですけど、蓋をして加熱するだけで済むので、もっと簡単に作れますが……」

「瓶はともかく、金属の容器は便利である半面、厄介だな。だが、錬成魔法の専門家に調査させるか、食品と入れ物の間になにかを挟めばうまくいきそうだ」

「魔法を利用しないなら、冷凍保存した料理に関しては、鍋に入れて溶かすことを考えて、少し濃い味つけにした方がいいです。これも、長時間常温に晒《さら》すと自然解凍されてしまいますので、保存食のようにはいかないです」

「市場街で近頃、魔法で氷を精製する箱が開発されたと聞いた。箪笥《たんす》ほどの大きさらしいが、このサイズを小さくできれば併用して持ち運びができそうだ」

こんな調子の会話に、気づけばホリーさんやユージーンも耳を傾けていた。

少しだけ考え込んでいたライナスさんは、やがて手を叩き、なにかを思いついた。

「よし、決めた。トキヤ君、私はこれを商品として開発し、売り出してみようと思う。どうかね、君さえよければ儲《もう》けを分け合って……」

やっぱり。この大商人は、缶詰、ひいては保存食の商品を作るつもりだ。

もしもうまくいけば、きっとたくさんの人の助けになるに違いない。

「儲けなんて、そんな、いらないです。ライナスさんが、便利なアイテムを僕の代わりに作ってくれるのに……お金までもらうなんて、僕にはできないです」

そんな大事を成し遂げようとする人からお金を取るなんて、僕には到底考えられなかった。

むしろ、僕に渡す分のお金で、よりたくさんの人に行き渡る缶詰を作ってほしいとすら思う。

だって、その方が僕にとって嬉しいもの。

「僕の知識は大したものじゃないですけど、なんでも言ってください。できることなら、協力します……ううん、させてください」

「……ほう」

サムズアップしてみせた僕を、ライナスさんはジッと見つめた。

「おもしろいほど無欲だな、まだ子供だというのに……ますます気に入ったよ」

「ユージーンさん、素敵な主人を持ったわね。私の旦那と同じくらい、いい男よ」

「フン、見る目があるな。俺も付き人として、まあ、ちょっとは誇らしいぜ……うおっ⁉」

なぜかユージーンが胸を張っていたけど、彼の余裕はたちまち、急に自身の頭の上を掠《かす》めて飛ぶスカーレットにかき消されてしまった。

いや、待って。スカーレットが飛ぶって、どういう状況なのさ。

「おっとっと！　ユージーン、危ないデスよ！」

「こっちのセリフだ、シラユキ！　屋敷の中でオブジェなんか作ってんじゃねえよ！」

その答えは、目に飛び込んできた光景ですぐにわかった。

なんと夕食を終えたシラユキが、食堂いっぱいに広がるほどの氷の滑り台を作り上げて、スカーレットを滑らせていたんだ。しかも、下り坂だけじゃなくて、冷風で押し上げてくれる上り坂もあって、飽きない作りになっている。

「びゅーん、デース！」

「わーい、すごーいっ！」

「もっと大きな滑り台にもできるデスよ！　明日、お庭ぜーんぶを埋めちゃうくらいおっきな滑り台を作ってあげるデス！」

「やったー！　シラユキおねーちゃん、だいすきーっ！」

スカーレットはすっかり、シラユキに懐いちゃったね。

晩餐会の最中でも、こんな温かい光景は怒るに怒れない。微笑ましいくらいだよ。

「シラユキとスカーレット、すっかり仲良しだね」

「面倒を見る俺の身にもなってみろ。お前がダリルと冒険者活動をしてる間、あいつらが屋敷の外に逃げ出さないか、見張るのは俺の役割だぞ？」

「怒っている割には、声が嫌がってないわよ？　ユージーンさん？」

「……うるせえよ、ったく」

ホリーさんに真意を見抜かれたユージーンは、もうそっぽを向くしか抵抗できない。これも、エインズワース一家に馴染んだ証拠と思っていいのかな。

「トキヤさん、ちょっといいかな？」

今度はアイザックが、僕に声をかけてきた。

「さっきの空間魔法、精度がすごく高いね。下手に素人が真似すれば、空間が閉じて腕がちぎれる事故もあり得るのに……魔法学院に通う歳でもないし、どこで学んだんだい？」

彼から話しかけてくれるのはとても嬉しい。でも、ちょっぴり返答に困る質問だ。

「え、えっと、独学だよ」

「独学？　空間魔法を独学で熟達させるなんて、信じられないよ」

「なんと言うか、その……師匠がよかったから、かな？　あはは」

アイザックがじっとりとした視線で見つめてくるけど、笑ってごまかす。師匠がよかったのは嘘じゃないし、「聖獣の里で学びました」なんて、口が裂けても言えないし。

こういう時は、話題を逸らすのがベターだ。すっかり悪人になったなあ、僕も。

「それよりも、アイザックは魔法学院を卒業したって言ってたよね？　実際に通ってた人を見るのは、アイザックが初めてなんだよね。どんな授業をしてるのか興味があって……話を聞かせてほしいな」

「そんな、別に話すほどの経歴じゃないよ。王都のマギニス魔法学院なんて、お金を払えば、五年間で誰でも魔法を使えるようになるのさ。そりゃあ、授業料は安くないし、ステータスにする人もいるけど、僕からすれば大したことには思えないね」

アイザックの言い方は、まるで自分を矮小《わいしょう》に見ているかのようだ。

いや、実際そう思っているんだ。自分なんか、すごい人間じゃないって。

「でも、あの頃の僕にとっては憧れだった。父さんがお金を工面してくれて、入学させてくれたから、僕はユニークスキルが使えるようになったし……首席で卒業できた。だから就職先は今でも選べるほど余裕があるし……そこは、感謝してるよ」

「首席で卒業したのかい!?　アイザック、すごいよ！」

「別に……教本を読んで、授業を受ければ、誰だって……」

「誰にでもできるわけないじゃないか、首席だよ⁉　アイザックに才能がある証拠だ、間違いないよ！　いいなあ、僕なんか一度だって、テストで一位を取ったことがないのに……！」

僕の試験における点数なんてのは、凡人の極み。赤点を取ったこともないけど、表彰されるほどでもない。頑張った結果がこれなんだから、アイザックがどれほどすごいかなんて、万人が認めてもおかしくないはずだよ。

尊敬で僕が目を輝かせていると、アイザックの様子がちょっぴり変わった。

「……そ、そうかな。まあ、確かに、街の友人もすごいって褒めてくれるけど……」

そうそう。認めた方がいいよ、自分はすごいんだって。

自信過剰はよくないけど、アイザックの魔法は確かな才能と実力なんだから。

「アイザックがこんなに自分から人に話しかけるなんて、珍しいわね。いつもは本の虫で、お客さんどころか、私達とも距離を置きたがるのに」

「よ、余計なこと言わないでよ、母さん！」

照れるアイザックが、今度は話を逸らした。

「トキヤさん、今日はうちに泊まるんだよね？　夕飯を食べ終わってから、魔法についていろいろ話したいんだ。空間魔法のこととかさ」

だとしても、彼の方からこんな提案をされるとは。

僕としては大歓迎だ。でも、豪勢な料理を振る舞ってもらって、寝床まで提供してもらうなんて、恩があるといっても遠慮してしまう。

「話したいのはやまやまだけど、宿の面倒まで見てもらうのは、さすがに……」

「こっちは大歓迎よ、トキヤさん。ユージーンさんとシラユキさん、ひとりずつに貸しても、余るくらい部屋があるのよ」

僕の心配事を先読みしていたかのように、ホリーさんが朗らかに言った。

本当に、エインズワース家の皆は優しい人ばかりだなあ。

「えっと……お言葉に甘えさせてもらいます。なにからなにまで、本当にありがとうございます、ライナスさん、ホリーさん」

「娘の命を助けられたんだ、なにをしても足りないくらいだよ。街にいる間は、エインズワース商会の気が済むまで、世話を焼かせておくれ」

僕達が泊まると知ると、スカーレットもアイザックも、顔が一層ぱっと華やいだ。

「おねーちゃん、うちに泊まるの⁉　じゃあ、じゃあ、今日は夜更かしだね！」

「もちろんデース！　スカーレットもユージーンも、寝かせないデスよー！」

「どうして俺も混じってるんだよ⁉」

スカーレットはシラユキとユージーンと、寝ずに遊び続けるに違いない。

「僕の部屋の本、トキヤさんも読む？　ちょっとした本屋くらいの量はあるつもりだし、魔法学院の教本も残してるよ」

「うん、今から楽しみだよ！」

僕はアイザックの部屋で、魔法学院やスキル、ヴィスタスの歴史について話し合うだろう。

もしかすると、彼の部屋でぐっすり眠ってしまうかもしれない。

ああ、どちらにしたって、こんなに楽しみな夜はないよ！

そんな調子で食事は進み、屋敷の明かりが消えない、世界で一番楽しい夜は更けていった。

七章　職業体験、発見の時

翌日、僕はエインズワース邸を出て、冒険者ギルドの建物の前までやってきた。

「おはようございます、ダリルさん！」

「おう、おはよう、トキヤ……と、アイザック？」

ギルドの前で待っていたダリルさんの視線の先にいるのは、僕と、少し緊張した面持ちのアイザックだ。

実は昨日、魔法学院の試験や勉強内容なんかについてアイザックと話している時に、明日、僕についていきたいと彼の方から言い出してきたんだ。

正直に言うと、こればっかりは、さすがの僕も驚いたよ。

実際、ダリルさんも目を丸くしているしね。

「珍しいな、本の虫が外に出るなんて。それに、お前さん、冒険者ギルドは騒がしくて嫌いだって言ってたじゃねえか？」

「トキヤさんが冒険者活動をするのなら、彼の魔法を間近で見られるチャンスだと思ったんだ。ダリルさんが迷惑じゃなければ、ついていきたくて……もちろん邪魔はしないし、規約通り干渉もしないよ」

「冒険者を手伝っちゃいけない規約があるのかい？」

「代理人が冒険者の名前を借りて、その人ばかりが依頼をこなす可能性もあるから。魔法学院の試験を替え玉がパスするのと同じなんだ」

僕についてくる理由はアイザックが今言った通りだ。

なんでも僕が使える魔法を少し話したところ、彼はとんでもなく興味を示してきた。全部の魔法については話してないけど、それでも、どうしても見たいんだって。

魔法学院の首席卒業者に頼まれるのは、まあ、悪い気はしないね。

そんなこんなで、ちょっぴり舞い上がった僕はアイザックを連れてきたというわけ。

「安心しな、断る理由はねえさ。未来の冒険者が増える機会かもしれないからな」

「だから、冒険者にはならないってば……」

ため息交じりにダリルさんの提案を受け流すアイザックと一緒に、僕はギルドに入っていった。入口には、僕が来ることを知っていたように、受付嬢が立っていた。

「トキヤ様ですね、ダリル・ゴーディ様とエインズワース商会の会長様から話は伺っております。冒険者活動の体験については……」

「ああ、そこからは俺ちゃんが代わりに説明しておくさ。嬢ちゃんは、依頼の一覧だけ探しておいてくれ」

「かしこまりました。では、少々お待ちくださいませ」

カウンターに戻り、依頼のリストらしい書類を慣れた手つきでめくっていく受付嬢を眺めながら、僕はダリルさんの説明に耳を傾けた。

「さてと、まず大前提として、お前さんが受注できる依頼の数はかなり限られてる。銀等級以上が受けられないのはもちろん、魔獣の討伐、指名手配犯の捕縛はＮＧだ。正確に言うと、命の危険がある依頼は受けさせられねえってわけだな」

「職業体験で死なれると困るから、ですか？」

ダリルさんが頷く。

「しばらく前だが、冒険者活動におふざけ半分で参加した金持ちのボンボンが、魔獣討伐で死にかけた事件があってな。ギルドからしちゃあ生きようが死のうがどうでもいいんだが、相当なクレームに発展したみたいでよ。ま、同じことが起きない予防線って感じだ」

「他にも、受けられる依頼に制限がありそうですね」

「勘がいいな。そうだ、小銀貨五枚以上の依頼も受けられねえ。高い報酬金で素人を釣って、犯罪の幇助《ほうじょ》をさせるパターンもあるからな。似たような理由で、達成までに三日以上の日数がかかる依頼もダメだ。要するに、小銭をちょっぴり稼ぐ程度、かつ二日ほどで終わる依頼だけが、今受けられる依頼だって覚えておきゃあいいさ」

説明を聞いて、アイザックが呆れた様子で肩を竦めた。

「聞けば聞くほど、犯罪の温床にしか思えないね」

「言ってくれるなよ、アイザック。冒険者ギルドの管理者自体、もとは俺ちゃんみたいな連中なんだ。お偉方の手を借りて、やっとルールを決めていってるところさ。第一、冒険者ギルド自体も、設立そのものは最近だぜ。まだまだ決まりごとも改良の余地あり、ってとこだな」

ダリルさんが僕に冒険者としての職を勧めなかった理由が、さらにわかった気がした。まだまだ人に勧められるほど、職業としての基盤が成立していないんだ。

失礼な話をすると、きっとダリルさんが冒険者になりたての頃は、それこそ無法地帯だったに違いない。その経験もあるから、僕らにはあえてマイナスの面を多く伝えている。

冒険者に憧れて悲惨な死を遂げた者を見た人なりの優しさなんだろう。

「お待たせしました。こちらがトキヤ様の受注できる依頼の一覧表です」

僕達がダリルさんと話していると、受付嬢が何枚か書類を持ってきてくれた。

「ステータス・ボードと違って、こっちは紙なんだね」

「ありゃあ、あくまで試験的に導入しただけだ。こっちの方に慣れてる連中は多いし、当分、便利グッズは使われねえよ……さてと、いい依頼はないかね、と……」

それを受け取って、ダリルさんは半分を僕に渡してくれた。

僕とアイザックで書類を眺めるけど、思っていたような内容ではなかった。

「『害虫駆除』に『失せもの探し』……これ、本当に冒険者の仕事なの？」

「まあ、こうなるわな。ここまでくると、子供のおつかいやお手伝いの延長線ってこった。十八歳以上の成人ならまだしも、トキヤは子供だし、それも加味した依頼一覧だろうよ。ついでに言うなら、お前さんになにかあったらライナスがおかんむりだ」

「父さんに配慮して、依頼をあまり渡さないと？」

「エインズワース商会には、冒険者ギルドも相当世話になってる。そこの会長の客人となれば、擦り傷ひとつ負わせたくない、ってのが本音じゃねえかな」

実際問題、僕はともかく、ついていったアイザックになにかがあったなら、ライナスさんはひどく心配するに違いない。その責任をギルドに言及するような人ではないだろうけど、ギルド側からすれば気が気じゃないだろう。

なんせ、ライナスさんは恐らく、街でも屈指の権力者だ。どういう反応をするかを予測するよりも、どんな反応をされても大丈夫なように、予防線を張っておくのが正解だ。

なら、用意された案件の中で仕事を探してお金を稼ぐのが無難だね。

「そしたら、僕は……ん？」

一番報酬が高い案件に目を通していると、ふと、おかしな依頼が目に留まった。

「『植物の移動』？　ダリルさん、この依頼は……」

僕が依頼について全部読み上げる前に、ダリルさんが書類をぱっと取り上げてしまった。

そしてそれを読み上げていくうち、だんだん彼の顔が怪訝な様子に変わっていった。まるで、あまり見たくない人の顔を書類越しに見てしまったかのような表情だ。

「あー、あー、こりゃ放っとけ。大方、ナカツの無茶ぶりだろうよ」

ぴらぴらと書類を振るダリルさんの顔は今、苛立ちから諦観に近いものへ変わった。

「ナカツ？　街の住人ですか？」

「ヴィスタスの端に住んでるエルフさ。王国南部の森から移り住んできたんだが、これがまたかなりの厄介者でな。植物オタクの変人だよ」

だけど、一方で僕の好奇心はまたも爆発した。

このヴィスタスという街は、どれだけファンタジー好きの心をくすぐってくれるのか。

「エルフ⁉　この街に、エルフがいるんですか⁉」

あまりに僕が前のめりに質問をしたからか、ダリルさんがのけぞってしまった。

けど、今の僕の好奇心はこんな程度じゃない。会いたい、エルフにぜひ会いたい。

「お、おう？　いるぞ、いるけど、どうかしたのか？」

「僕、エルフ族の方をまだ見たことがないんです！　南部まで行かないと見られないし、人が立ち入らない森の中にしかいないと聞いてたので……もし会えるなら、依頼を受注して会ってみたいです！」

「確かに、ヴィスタスに住んでるエルフはナカツだけだ。けど、いいのか？　俺ちゃんの見立てじゃ、この依頼はかなり面倒だぜ？」

「そこは、なんとかしてみせます！」

目の奥に炎を燃やして熱弁する僕を前にして、ダリルさんは少しだけ書類と僕を見比べて、悩んだ。そして腕を組んで、参ったと言いたげに笑った。

「……まあ、そう言うなら受けてみてもいいんじゃねえかな。ただし、今のトキヤの立場だと、依頼をキャンセルしたら資格もなくなると覚えておいた方がいい。あくまで職業体験だってことを、忘れねえようにな」

「気をつけます。それじゃあ、受付嬢。この依頼を受けさせてください」

「かしこまりました。では、詳細は依頼人であるナカツ様に直接ご確認ください。なお、依頼人様のご意向で、この依頼に関しましては同伴者の協力が許可されています」

あれ、妙だな。ダリルさんから聞いたルールと説明が少し違うような。

「……俺ちゃん達が手伝ってもいい、ってわけか」

「さようでございます。初めての依頼、どうぞご健闘ください」

書類をダリルさんから受け取った受付嬢は、ぺこりと頭を下げて去っていった。

僕が不思議そうな顔をしている隣で、ダリルさんとアイザックも、同じような顔をしている。

どうやらこの例外的な案件は、街に住むふたりからしても珍しいみたい。

「ダリルさん、依頼って僕ひとりでこなさなきゃダメなんじゃなかったんですか？」

「普通はな。だけど、こういう例外もあるってこった。そんでもって、俺ちゃんの経験則から言わせてもらえば、例外がある依頼は、ややこしいもんだ」

金等級の超一流冒険者、ダリル・ゴーディ。

そのダリルさんをして面倒だ、あるいはややこしいと言わしめる依頼とは。単なる植物の移動だけではないのか。そもそも、ナカツとは何者なのか。

いずれにせよ、初めての冒険者体験は思ったよりも危険そうだ。

「……腹括っとけよ、トキヤ、アイザック」

ダリルさんの言葉に僕とアイザックは顔を見合わせ、真剣なまなざしで頷いた。


依頼を受注してから、目的の場所に到着するまでは少し歩く必要があった。

目的地は、街の大通りから少し離れたところだ。依頼書には場所の記載が明確ではなくて、【来ればわかる】とだけ書いてあった。この時点で、怪しさ満点だ。

だけど僕らは、到着してすぐにその言葉の真意を知った。

確かに、目的地に行けばわかった。いや、嫌でもわかってしまった。

「……植物の移動、って書かれてたよね」

「ああ、書いてあった。恐らく、これのことだな」

「……こんなのを植物、と呼んでいいならね」

僕達の前に鎮座していたのは、小さな小屋のような一軒家と――。

「「――デカすぎるだろーっ⁉」」

――それらすべてを覆い包むような、とんでもなく巨大な草花だった。

天まで届きそうな花びら。窓や壁を突き破る蔓《つる》。屋根より広い葉。いずれも、植物と呼ぶには規格外だ。ここまで至ったなら、もう魔獣とそん色ないとすら言えるんじゃないかな。

「いやいやいや、移動を頼む植物って、普通もっと小さいだろ！　植木鉢に収まるサイズとか、大きくても子供くらいのサイズとか！　こいつは二階建ての家と同じくらいだし、しかも茎が何十本もあるじゃねえか！」

「これじゃあ、植物が家を包んでるというより、植物そのものが家みたいだ……しかもあの花……ヒマワリ……!?」

アイザックの言う通りなら、花びらの色や特徴からして、これはきっとヒマワリだ。本来蔓ではないはずだけど、異世界の品種なんだろう。

ただ、周囲の家すら巻き込んで巨大化した化け物でもある。

「とりあえず、家主の話を聞こうか……」

ひとまず、まだこの化け物屋敷の中で生きているなら家主がいるはずで、その人こそが依頼人に違いない。もしかすると、この植物じゃなくて、他の植物を移動してほしいって依頼かもしれないし、聞いてみなくちゃ始まらない。

そうであってくれると、大変助かります。

「すみませーん！　冒険者ギルドから来ましたーっ！」

僕が扉をノックしてから数秒で、中からどたばたとせわしない音が聞こえた。

がちゃり、とドアを開けて出てきたのは、やっぱりエルフだった。

「おうおう、やっと冒険者が来てくれはったか！」

――ただ、想像しているエルフとは、ちょっぴり違ったけど。

高身長のカッコいい女性で耳が長く、薄緑色の長髪をドレッドに編んでいる。アオザイっぽい服を着ているのも含めて、ファンタジー小説でイメージしているエルフというよりは、南国に住むファンキーなお姉さん、といった印象だ。

まあ、見た目は個性の問題だ。だから、エルフっぽくない、というのは失礼かもね。

「ワイが依頼人のナカツや、って、ヴィスタスに住んどったら知ってるわな！　街におるエルフゆーたら、ワイしかおらんからなあ！」

それを差し引いても、エルフが関西弁《かんさい》をしゃべっているというのは、どうなのか。

そもそも、この世界に『関西』という概念があるんだろうか。

「あの、ナカツさん……関西弁、しゃべってません？」

僕がダリルさんに問いかけると、彼はおかしそうに首を傾げた。

「カンサイってのがなにかは知らねえが、ありゃあエルフ訛《なま》りだ。南部の方はもとは王国の領地じゃなくて、ひとつの別の国だったからな。今は移民がほとんどだが、あそこに昔からいる種族はだいたい聞きづらい訛り言葉でしゃべるんだよ」

「せやせや。ワイはター・カツキの森の生まれでな、訛りが一層きついんや。そこは、ナカツちゃんのチャームポイントとでも思っといてな！」

「そ、そうなんですね……」

森の名前もどこかで聞いた気がするけど、追及していちゃ、きっときりがない。

気になる事柄をいったん脇にどけた僕の前で、ナカツさんは妙にうきうきしていた。

「いやあ、近頃の冒険者は薄情でな。お前の面倒事は勘弁やと言うて、依頼を提出する前に何度も突っぱねられたんやが、頼んでみるもんやなあ……」

彼女の目線が、僕に向いた。

「……って、もしかして、依頼を受けたんはここにおる子供かいな？　そこにおるダリルはんやなくて、こっちの子供？　ほんまかいな？」

そう思うのは、無理もないよね。なんせ今の僕は、十二歳の子供だもの。

「甘く見ない方がいいぜ、この子は腕が立つ。俺ちゃんの見立て、だけどな」

ただ、今回はダリルさんがしっかりとフォローしてくれた。

ナカツさんは僕を観察するように眺め回してから、納得した調子で頷いた。

「ふーん……まあええわ。ワイがお願いしたいんは、家を覆う『デカヒマワリ』の移動や。もっと広いところで、のびのびと育ててやりたいからな」

そして僕達が予想していた通り、やっぱり動かすのは、家を埋め尽くすヒマワリだ。動かす、とは簡単に言うけど、これはもう家に根付いちゃってるんじゃないかな。

「名前にデカいとついていても、いくらなんでも大きくなりすぎじゃないですか？」

「いや、本来ここまでは大きくならん。なったとしても、ワイやダリルはんの背丈の倍ほどにしかならんのやが、ワイがちょっと厄介な手伝いをしてもうてなあ」

「厄介な手伝い？　まさかナカツ、犯罪事じゃねえだろうな？」

ぎろりとダリルさんが睨むと、ナカツさんが慌てた様子で弁解した。

「ちゃうちゃう、市場街での買い物の話や！　個人商からな、国外から輸入したらしい魔獣由来の増強剤を買うたんや！　そんで、少し前にこの子にあげてみたら……」

「……ここまで、大きくなっちゃったんですね」

国外輸入品。増強剤。どれも、怪しさ満点のキーワードだ。通販で売っていたとしても、まずクリックする気すら起きないだろうね。

だけど、ナカツさんは興味が勝って、買っちゃった。で、使っちゃったと。

「せや。しかもまだ成長してるみたいでなあ、この調子やと家を呑み込んでまうんは当然のこと、下手すると近隣の住宅も葉や花びらまみれになってまうかもしれんのや。お隣さんは察したんか、今朝から家を空けてもうたわ」

お隣さんの判断は賢明だ。なんせ、本来ないはずのヒマワリの蔓はもう、ナカツさんの家だけじゃなくて、隣の家を貫通して自分と一体化させちゃってるもの。

今はまだ一軒だけの被害だけど、この調子だと街を呑み込んだって驚きはしないな。

そして同時に、こんな案件は素人目にも銅等級じゃすまない気がする。

「そんな大事を、なんで銅等級の依頼にしたんだよ！　しかも、植物の移動としか書いてねぇのは問題だぞ⁉」

「しゃあないやん！　銀等級以上にしたら、この子らが処分されてまうやろ！」

「いやいや、処分するなんてのは当然……お前、まさか？」

会話の間に違和感を覚えたのは、ダリルさんだけじゃない。僕も、隣でただ話を聞いていたアイザックも、ナカツさんに視線を集中させた。

ナカツさんの発言が正しければ、これは銀等級以上の依頼。でも、そうできないのは、本来適した等級に上げてしまうと、ヒマワリを処分されてしまうから。

つまり、ナカツさんが望んでいるのは――。

「せやで？　この子らを生かしたまま、移動させてほしいんや」

ヒマワリを生かした状態で、よそに移動してほしいというめちゃくちゃな要求だ。

「帰るぞ、トキヤ、アイザック。依頼の破棄は俺ちゃんから申請しといてやる」

あっけらかんと言い切ったナカツさんに背を向けて、ダリルさんは僕とアイザックの肩を掴んで踵を返そうとした。

その途端、さっきまで飄々《ひょうひょう》としていたナカツさんが急に泣きついてきた。

「ちょ、堪忍、堪忍や！　周りから散々苦情がきとるし、このままやと役場にも目ぇつけられてまうねん！　それに、依頼をキャンセルしたら、ペナルティもあるやろ⁉」

顔中からいろんな液体を流して懇願するナカツさんだけど、ダリルさんもアイザックも、なにか面倒くさいものを見るような冷たい目つきで見下ろしている。

「バーカ、必要事項を書いてねぇ依頼書に効力があると思うなよ。むしろ、依頼の詳細を隠蔽したお前の首が締まるだろうよ」

「トキヤさんは、エインズワース商会の大事な客人だ。いくら依頼を受注したとはいえ、こんなめちゃくちゃな頼みごとを押しつけたりすれば、あまり言いたくはないけど、僕も父さんも黙っていないよ」

「え、エインズワースの……この坊ちゃんが、かいな⁉」

「そうだよ。だいたい、さっき確率を計算したけど、植物を傷つけず、殺さずに移動させられる確率は〇パーセントだ。高い授業料を払ったと思って、諦めるべきだと思う」

「そ、そんな殺生な……！」

ふたりの取りつくしまもないといった態度に、ナカツさんの流す液体の量が一層増える。

ここまで涙と鼻水、あとよくわからない液体を駄々漏れにしているところを見ると、さすがにかわいそうに思えてきた。だって、せっかく美人なはずなのに、全身の水分を全部放出してるんじゃないかってくらいの謎汁をじゃばじゃばと流しているんだもの。

そもそも、まったく不可能というわけでもない。僕には、秘密の魔法があるしね。ここで使っちゃうと秘密じゃなくなるけど、ちょっとくらいなら大丈夫なはず。

「待ってください、ダリルさん。僕、できると思います」

僕がそう言うと、ふたりがうんうんと頷いた。

「ほらな、トキヤもこう言ってるだろ？　植物はさっさと業者に焼いてもらって……」

そして、これまた会話の違和感に気づいた。

「……待て、トキヤ。今、なんて言った？」

驚いた様子でこちらを見つめるふたりの前で、僕はにっこりと笑った。

「このヒマワリを移動できると思います。ナカツさん、植物が元はどれくらいのサイズだったか、覚えてますか？」

「え？　ああ、えっと……確か、坊ちゃんくらいの大きさやったなあ」

「わかりました。それじゃあ、元に戻します」

紋章を光らせ、魔力を集中させる。いつもの調子でやればいい。

「『リワインド』！」

僕が手をかざすと、たちまちヒマワリに変化が起きた。

ずしん、と地鳴りのような音が響いたかと思うと、今なお少しずつ大きくなっていたヒマワリが、逆にしぼみ始めた。傍から見れば枯れ始めたようにも見えるけど、時間魔法は成長を巻き戻すだけだ。正しく使えば、絶対に枯れたりしない。

「お、お、おおお……？」

「な、なにが起きてるんや!?　ヒマワリちゃん達が、どんどんちっさくなっていくがな！」

ダリルさんやナカツさん、アイザックが茫然と見つめる中、ヒマワリの蔓や茎は窓から引き抜かれ、葉は人よりも小さくなり、半分の背丈に縮む。さらにその半分、また半分ほど小さくなって、そこには鉢に植えられた、ただのヒマワリが残った。

もう少し大きくすれば、適正サイズに戻せるかな。

「ふう。このあたりで、時間を止めておけばいいかな。あとは……『アクセル』！」

もう一度成長させるなら、加速魔法に限る。ただし、増強剤を使う前までにしておかないといけない。そこまでに留めておけば、ただのヒマワリにできるはずだ。

急激に成長したタイミングを見計らう。大きくなりすぎたら、小さくする。微妙なタイミングを見極め、何度か加速と巻き戻しを繰り返し使うと、ちょうどいいサイズに収まった。

僕の背よりも大きいけれど、デカヒマワリというくらいだから、これでいいはずだ。

「……信じられへん……元の大きさに、戻っとる……！」

うん、ナカツさんのリアクションを見るに、これが元のサイズに違いない。

「ナカツさんの言った通り、大きさを僕の背丈くらいに戻しておきました。恐らく、増強剤を使う前の状態になっていると思います。もしも不安なら、苗や種の姿まで戻すこともできますけど、どうしましょうか？」

「い、いや、これでええ！　これがええ！」

僕の目の前にちょこんと置かれたヒマワリに、ナカツさんは飛びついた。

まるで愛する我が子を取り戻した母親のように、ヒマワリにほおずりする始末だ。

「信じられへん！　またこのかわいい姿のヒマワリちゃんに会えるとは、正直、思わへんかったわ！　坊ちゃん、ほんまおおきにな！」

「ナカツさんが嬉しそうで、なによりです」

「このお礼は、どこかで絶対させてもらうわ！　報酬金も弾ませてもらうで！　ギルドに渡しとくから、楽しみにしとってや、坊ちゃん！」

鉢ごとヒマワリを持ち上げたナカツさんは、服のポケットからどさどさと植物の種を取り出して、僕に顔を寄せた。こうしてみると美人だなあ、ナカツさんって。

「せや、報酬とは別で種でもやろか？　これは『ドデカバネグサ』ゆーてな、成長したら葉っぱがとんでもない弾力を持つんや！　これさえあれば、馬車にはねられてもぼよよーんと衝撃を吸収して、無傷で……」

ただ、この厄介な癖さえなければ、なんだけれども。

「はいはい、そんな怪しいもんをトキヤに押しつけんなっての」

今回は幸いにも、ダリルさんがナカツさんを押しのけてくれた。

押しに弱い僕じゃきっと、あの変な種を受け取ってしまっていたかも。

「うし、ギルドに戻るか。報酬金の受け取り方を教えてやるよ」

「わかりました。それじゃあナカツさん、また会いましょう！」

「ほななーっ！」

ヒマワリを抱きかかえて大きく手を振るナカツさんにぺこりと頭を下げて、僕達は元植物屋敷を後にした。隣の家の住人が「あのヒマワリはなんだ」と戻ってくるかもしれないけど、そこはヒマワリを育てた本人の責任、ということで。

ちょっと不安はあったけど、ひとまず冒険者としての最初の仕事が終わった。


妙な達成感を胸に感じながら街へと戻り、大通りを歩いていると、ダリルさんがふと、僕に問いかけた。

「……トキヤ、さっきのあれ、どうやったんだ？　生き物の成長を促したり、止めたりする魔法がユニークスキルとして存在するってのは聞いたことがあるんだが、お前さんのスキルは、どう見てもそうじゃなかったろ？」

あ、やっぱり。聞かれるよね、そりゃあ。

僕は立ち止まって、ちょっとだけ悩んだ。ごまかしは利くし、あえてなにも言わなければ、ふたりはきっと言及しない。僕の秘密だと思って、聞かないでおいてくれる。

だけど、それでいいのかな。

もちろんすべてを話すわけにはいかないけれど、僕にここまで親身に接してくれるふたりに秘密にしているのは、なんだか僕の性に合わないや。

「……誰にも言わないって、約束してくれますか？」

僕が聞き返すと、ダリルさんだけじゃなくアイザックも頷いてくれた。

「俺ちゃん、口の堅さには自信があるぜ。隣のアイザックも、きっとな」

「トキヤさんとの約束なら、守るよ。父さんにも言わないから」

ここまで言わせておいて、答えないのは不義理だ。

少しだけ間を置いてから、僕は再び歩き出して人ごみに紛れながら言った。

「……実は僕、ちょっとだけですけど、時間を操れます。さっきのは、植物の時間をいったん戻して、そこから元の大きさに成長を早めたんです。アイザックの前で荷物を取り返した時も、盗まれた物の時間を巻き戻したんです」

人が行き交う音は、いい意味で心地よかった。

それなのに、僕の言葉は突き刺さるように、ふたりの耳に届いたようだった。

「……そりゃあ、すごいな」

ただただ感心するダリルさんとは裏腹に、アイザックは沈んだような面持ちだった。

「ユニークスキルどころじゃない、神の領域に踏み込んでるね。そんなのを見せつけられちゃ、僕のスキルなんてちっぽけに見えて仕方がないよ」

「そ、そんなことないよ！　アイザックのスキルは、絶対にすごいから！」

「だけど、さっきの確率計算は大外れだ。〇パーセントなんて言ったのにさ」

「それは僕が、時間を操る魔法スキルを隠してたからだよ！　物事の成功率がわかるスキルなんて、こんな便利なスキルはないってば！」

僕の言葉は、決して根拠のない励ましなんかじゃない。アイザックのスキルは、彼が思っているよりもずっとすごい。

確率がわかるスキルなんてのは、一種の未来予知だ。もしもアイザックが悪党になれば、一国を支配することすら可能になるほどの強大なスキルなんだよ。

「俺ちゃんも同意だな。冒険者からしてみりゃ、こんな羨ましいスキルはないぜ。魔獣の討伐、依頼の成功、確率を確かめたいもんは無数にあるからな。アイザックがいらないなら、どうだ、俺ちゃんにくれねえか？」

ダリルさんも僕に同調して、アイザックの肩を叩いて笑った。

「……それはやだ。でも、ありがとう」

そうしてやっと、彼はちょっぴり力ない調子だけど笑い返してくれた。

これでも十分だけど、僕とダリルさんからしてみればもっと元気になってほしい。もっと自信過剰になってもいいし、まだまだ褒め足りないや。

「よーし、ひとまず報酬金をもらったら、今日はアイザックを褒める会でも開くとすっか！

近くの食堂でこいつを褒めちぎって、自信を取り戻させてやるかね！」

「うん、賛成！　アイザック、覚悟しててよね！」

僕とダリルさんが肩を組んでそう言うと、アイザックは顔を真っ赤にした。

「だ、だから、いいってば！　気持ちは十分受け取ったからさ……トキヤさん、あれは？」

慌てふためいていたアイザックが、急に遠くを見据えた。

なにか喧嘩でも起きたのか、それとも昨日みたいにスリでもいたのか。そう思って僕とダリルさんが彼と同じ方向を見ると、よく知る人が少し離れたところにいた。

「あそこにいるのは……ユージーン？　どうしたんだろう？」

通りから少し逸れた、ちょっぴり薄暗いところで辺りをきょろきょろと見回している。たしか彼は、今日一日、スカーレットとシラユキの面倒を見ると言っていたはずだ。

なんだか嫌な予感がして、僕は彼のところに駆け出した。

「おう、トキヤ！　ちょうどいい、ちょっと手伝え！」

僕達を見つけたユージーンは、明らかに苛立っていた。

どかどかと歩いてくる彼がイライラするのは、たいてい、自分をバカにされた時。

「シラユキとスカーレットが、柵の向こうの地下道に飛び込んでいきやがったんだ。俺を責めてくれるなよ！　ちょっと目を離した隙にいなくなったんだよ、あのガキ連中が！」

もうひとつが、シラユキがなにかをしでかした時だ。

「いなくなったって、ふたりとも⁉」

「スカーレットは……森で迷子になったのを、反省してないのかなぁ！」

僕が驚き、アイザックが呆れると、ユージーンは頭をぼりぼりと乱暴にかいた。

「しかもシラユキと一緒だと、なおさらたちが悪りぃ！　あいつがスカーレットと一緒に地下のどこに行くか、わかったもんじゃねえからな！」

こういう時のユージーンは、とっても機嫌が悪い。僕でなくても、誰が声をかけても噛みつくくらいには、イライラしてる。

彼を宥めるのも大事だけど、僕は別のことが気になっていた。

「というか、地下道って？　ヴィスタスに、地下通路があるの？」

「先の大戦時代に軍隊が作った通路だよ。今は立ち入り禁止になってるけど、昔は危険な武器の研究とか実験とかに使われてたって、父さんが言ってた」

アイザックが指さした先には、柵で簡単に塞がれた穴がぽっかりと開いていた。

そこは通りから離れたところで、家屋もないし人もちっとも通らない。まるで、穴を閉じるのが大変だから、その辺りだけなにも置かないように配慮してるみたいだ。

もし、こんなところの奥に潜り込んでしまったら出てこられないんじゃ。

「立ち入り禁止にしてるってことは、もしかして、かなり危険な場所じゃ……」

「ま、何百年も昔の話だ。当時の調査員が調べて、問題ねえって扱いになってるが……薄暗くて入る意味もあまりないから、立ち入り禁止のままなのさ。今じゃたまに、悪ガキ共が根城にしてるくらいだな」

ダリルさんはやれやれと首を横に振って言った。

「はぁ……仕方ない、依頼を受注したのはトキヤだが、今回は俺ちゃんとアイザックで、ギルドに戻って達成報告しておく！　トキヤ、お前とユージーンはあのふたりの首根っこを掴んで、地下道から連れ戻してきな！」

「いいんですか、ダリルさん？」

「ギルドの連中も、ナカツの依頼を解決してくれたなら少しは融通も効かせてくれるさ。地下道に入った理由も俺ちゃんが説明しといてやるよ！」

本当に、ダリルさんはいろんなところに顔が利いてすごいなあ。

金等級の冒険者は伊達じゃない、って感じだね。

「スカーレットをよろしくお願いします、トキヤさん」

「うん、任せて！　じゃあ、いってきます！」

アイザックにも頼み込まれたなら、なんとしてでも無事にふたりを助け出さないと。いつも以上に気合いを入れて、ファイトオー、だね。

ぐっとこぶしを握りしめた僕がなにをするか知っているかのように、ユージーンは僕の後に続いて、地下道に入っていった。穴は階段のようになっていて、どかどか下りていくと、すぐに平坦で真っ暗な道へと変わった。

しかも、随分と入り組んでいる。このまま右往左往するのは、時間の無駄だね。

「ユージーン、匂いでシラユキ達を追跡できる？」

「ドラゴンを犬っころ扱いしてんじゃねぇ！」

「できないなら、無理しなくていいよ？」

「できるわ、バカが！　最高速で突っ走るから、落ちんじゃねぇぞ！」

「ありがとう、助かるよ！」

ごめんね、ユージーン。君に乗るのが、たぶん一番速いと思います。

僕が背中に飛び乗ったのを確かめた彼は、闇の中で背中から翼を生やし、金色の瞳で視界を照らしながら一気に加速した。翼だけを聖獣としての姿に戻したユージーンの速度は、僕が普通に走るよりも何倍も速い。どれだけシラユキ達が遠くに行っても、問題ないはずだ。

「シラユキがいなくなった時間を考えれば、そう遠くにはいないはずだね！　ユージーン、距離はどれくらいか、わかるかな？」

「お前の言う通り、遠くには行ってねぇ！　つーか、氷を使って滑ってやがるから、鼻なんざ使わなくてもどこに行ったか一目瞭然だ！」

確かに、よく目を凝らしてみると、シラユキが作ったらしい氷のレールがうっすらと地面に残っている。これを辿れば、迷う心配はなさそうだ。

「道理で、寒いわけだね」

「あいつが氷のレールで移動してりゃ、確かに俺達の移動速度より速いが、じきに追いつけるはずだ！　なんせ、どこかで道草食うに決まって……いたぞ！」

会話を交わしながら何度か地下道を曲がると、幸いふたりはすぐに見つかった。

というのも、シラユキとスカーレットは地下道の行き止まりで、氷を使って落書きをしていたからだ。

しかも、シラユキの絵は結構うまい。富岳百景とか、どこで知ったんだろう。

――おっと、いけない。本題を忘れちゃいけないや。

「シラユキ、スカーレット！」

翼をしまったユージーンから降りた僕が声をかけると、ふたりはこちらに気づいた。

「あれ、トキヤ？　どうしてここにいるデス？」

「どうしてもこうしても、君達が地下道に行ったたって聞いたんだ。もしかしたら、迷子になってるかもしれないいって思って……」

「大丈夫だよ！　だって、ここはあたし、しょっちゅう来てるもの！」

スカーレットの言葉に、僕は目を丸くした。

「こんなところに？　スカーレットが、ひとりで？」

「うん！　それで、シラユキおねえちゃんを案内してたの！」

なるほど。言うなれば、今は誰も来ないこの地下道はスカーレットの秘密基地というわけだね。道理で、シラユキも引き留めずに彼女と一緒に遊ぶ気になったわけだ。

ただ、その言い分をユージーンは聞くつもりもないみたいだけど。

「クソガキ共、こっちがどれだけ……」

拳を鳴らし、ずんずんとふたりを壁に追い詰めるユージーン。

それ以上は、いけない。暴力反対と言うよりも先に、僕は彼の前に立って、シラユキ達との間に割って入った。一瞬だけ身を強張らせたふたりは、僕が介入したのを見てホッとひと息ついたようだ。

とはいえ、僕もまったく説教しないわけでもない。今回は、なおさらね。

「シラユキ、スカーレット。遊び回るのは楽しくていいことなんだけど、ユージーンに心配をかけちゃいけないよ。それに、もしも森の出来事みたいに、なにかが起きて迷子になっちゃったら、パパやママにアイザックだけじゃない、僕も心配するんだ」

実際、アイザックはとっても心配してたしね。ライナスさんとホリーさんが知っていたら、絶対ここには来させないだろうし、きっと知らないはずだ。

三人が悲しむ顔を僕は見たくない。

「来ちゃいけない、とは言わないよ。でも、今度からは行くことを誰かに教えてほしいな」

だから、僕にしてはやや珍しく、ちょっぴり叱ることにした。まさか僕に注意されると思っていなかったのか、ふたりはすっかりしょげ返ってしまった。

「はーい……」

「ごめんなさいデース……」

あらら、ダメだ。こんな表情を見るとつらくなるから、僕は人を叱るのに向いてない。

まあ、ユージーンがふたりに拳骨を叩き込むよりは、よっぽどいいか。

「いいんだよ、僕は怒ってないからね。とにかく、いったんダリルさんのところに戻ろうか」

一度地下道から出て、アイザック達を安心させた方がいいと思った僕は、ふたりを連れて踵を返そうとした。

だけど、不意に足を止めた。

「……あれ？　シラユキ、それはなに？」

僕の視界の端に入ってきたのは、地下道の行き止まり——その壁の、小さなひびだ。

ただのひびなら、ここに来る途中に何度も見た。問題なのは、富岳百景が氷のペンで刻まれたそこのひびだけが、どういうわけか、ぼんやりと光って見えるんだ。

「え？　それってなんデスか？」

「そこの壁に走ってるひびだよ。シラユキが凍らせたからかな、壁に亀裂が入ってるみたい。内側から、ちょっと光が漏れてるように見えるんだけど……」

「さっぱりデス、シラユキも今気づいたデスよ」

氷の隙間から見える光に、僕だけじゃなく三人も近づいてきた。

「地下道は過去に調査されたって、ダリルが言ってたよな。もしも誰かがここを通ったなら、これに気づかねえはずがないだろ。氷が劣化した壁を破壊して、今この瞬間に光が漏れ出したって考えるのが普通だな」

つまりこれは、うん十年、うん百年隠されてきた謎だ。

今まで誰も知らなかった、偶然が生み出した秘密を暴くためのきっかけだ。

「……なにがあるのか、気にならないデス？」

シラユキの悪魔の囁きは、僕を含めた全員の思考をほんの少しだけ緩めた。

「なるー！」

「ちょっとだけ見て、アイザックのところに戻ろうね」

「……しょうがねえな。トキヤ、劣化を加速させろよ。中になにがあるかを見たら、今度こそ地上に戻るからな」

「うん、そのつもりだよ！『アクセル』！」

アイザックを待たせるのはちょっぴり後ろめたかったけど、光の正体を確かめたらすぐに地上に戻るって決めてるんだ。だから、そんなに問題ないはずだ。

少なくとも、壁に加速魔法をかけ、劣化させている間はそう思っていた。

僕の考えがもしかすると甘いんじゃないか、と考えを改めたのは、半壊するほど、加速魔法で壁を老朽化させてしまってからだ。五百年、六百年も追加で歳を重ねさせた壁は、あっさりと崩壊した。

ガラガラと崩れ去る壁の向こうから現れたのは、財宝ではなかった。

「これは……部屋……？」

部屋だ。

真ん中に光る大きな球が置かれた、広い部屋。僕の背丈と同じくらいの直径を誇る鈍色の球は、四つの支柱に支えられて音も立てず、青緑色に輝いている。

どうしてこんなものが今まで見つからなかったのか、と疑問に思いながら、僕は部屋へと足を踏み入れた。スカーレットやシラユキ達も同じようについてきた。

「……真ん中の、なんだろ？　あの、おっきな球……トキヤはわかる？」

「ちょっと調べてみようか、『鑑定』」

僕もどうにも気になって仕方なかったし、鑑定魔法を使うのは当然だった。

もしかすると秘宝の類だったりして、なんて――。

「そんな……」

――甘かった。

僕は絶句した。間抜けな考えは、鑑定魔法の結果と共に僕の頭から吹き飛んだ。

全身から汗が噴き出した。今、目の前に鎮座しているこれは、僕達が軽々しい気持ちで暴いちゃいけない、街の恐るべき秘密だったんだ。

シラユキとユージーンに至っては、僕の鑑定魔法の結果を見るより先に、全身の毛を逆立てていた。ふたりの野生の本能はこの球体の正体を知らせていた。

「スカーレット、こっちに来るデス！」

「わぶっ⁉　ど、どうしたの、シラユキ？」

「嫌な予感がするデス！　ここにいちゃまずいデス、とっととずらかるべきデス！　まさかこんな魔力の塊が地下に隠れてるなんて、シラユキ、全然思いつかなかったデス……！」

「大方、壁に魔力を遮断する仕掛けでもあったんだろ。じゃないと、感覚が鋭いシラユキに感知できないはずがねえからな」

スカーレットを抱き寄せたシラユキは、僕達のように見とれていたんじゃない。

驚愕《きょうがく》していたんだ。人類が残した、このおぞましい凶器の様に。

「おい、トキヤ。わかってんだろうな、これがなにかってのを」

「……うん、鑑定魔法で調べたからね」

言いたくはないけど、隠しようがない。

僕はわずかに息を吸い込み、吐きそうな気持ちをこらえて、言った。

「これは――爆弾だ。それも、街を吹き飛ばすほど強力なものだよ」

目の前で光り続ける、神々しい球体。
紛れもなく、魔力の集合体にして、それを解き放つ邪悪の権化だった。

八章　街を救う、覚悟の時

「おい、聞いたか？　今日、地下でなにかやべぇもんが見つかったんだってよ」

「やべぇもんって、そりゃなによ？」

「さあな。でも、酒場のマスターが、爆弾だって噂をしてたぜ」

「爆弾で間違いないってよ。こりゃあ、早めに逃げた方がよくねぇか？」

　その日の夕方には、恐ろしい話が出回っていた。

　ギルドだけじゃない。街のどこにいても僕達が見つけた異物の話題で持ち切りだ。

　僕達はあの後、地下道から出てすぐにライナスさんのもとに行き、この事実を伝えた。地下に恐ろしい爆弾があるって伝えるなら、本当は役場が最優先なんだろうけど、今一番頼れる大人は彼らだった。

　ライナスさんは『役場と街の代表に事情を説明しておく』と言った上で、どこかに行ってしまった。きっと、エインズワース商会にも同じようにリーダーとして話に行ったのかもしれない。

　商会の代表なら、恐らく必要なところ以外には絶対に口を割らない。

　なのに、ここまで噂が広まっているのには、ぞっとするものがあった。

「もう、ほとんど話が出回ってるみたいだね……」

「人の口にはなんとやら、だ。役場の方で緘口令《かんこうれい》を敷いてもらったはずだが、その役場とギルドでここまで噂になってるなら、もう隠す意味がないかもな」

ユージーンは冒険者ギルドの椅子にもたれ、やれやれと言いたげに肩を竦めた。

「騒ぎにならねえ方がどうかしてるぜ。自分達が住んでる街の下に爆弾があるなんて知ったらどう思うか……聖獣の俺でも、想像はつくぜ」

「あれ？　スカーレットはどこに行ったデス？」

「スカーレットなら、先に屋敷に帰らせたよ。父さん達が心配してたしね」

きょろきょろとスカーレットを探すシラユキの問いには、アイザックが答えた。

「ああ、あと、爆弾については、いったん僕達の手から離して、街の代表や権力者に相談してもらってるよ」

「その街の代表は、どこにいるの？」

「数日前から南部の開拓エリアでバカンスだよ。さっきから連絡を入れてるのに、一向に返事がないみたい。副代表はそこでまごついてる代表のひとり娘だ。冒険者ギルドの重役も兼任してるんだけど……」

アイザックが指さした先には、モノクルが目立つ茶髪の女性がいた。

彼よりも少し年上、二十代前半くらいの彼女は、モノクルのおかげか、確かに理知的なイメージがあった。街の代表の娘で才女だと言われても信じられるだろうね。

「あわわ、どうしましょう、あわわ……」

滝のような汗を流して山ほどの書類を抱えて狼狽してなきゃ、なんだけど。

「副代表、まずはエルミオ市庁舎に連絡してください！」

秘書にこう言われないと、きっと娘さんはいつまでもカウンターの傍でわたわたと慌て続けていたに違いない。ひいひいとふらつく足でなんとか歩きながら、彼女はカウンターの奥に座り、書類をめちゃくちゃにめくり始めた。

けれども、きっと答えは出ないだろう。なんせ、こんな恐ろしい事態には、ヴィスタスの街どころか街を擁するエルミオ市も遭遇したことがないはずだから。

「相当慌ててるね……悪いけど、あれじゃあてにならないよ」

「一部の住民はもう、逃げ出す準備を始めてるぜ。俺達もとっとと街を出るか……」

シラユキはずっと心配そうにしているし、ユージーンは早々に街から脱出することだけを考えているようだった。他の住民、冒険者も同じだし、中にはすっかり怯え切って動けなくなっている人までいる。

こんな時、僕にはなにができるんだろう。

皆と一緒に、逃げ出す算段を立てる――いいや、そんなために転生してきたんじゃない。

僕にはこの状況をどうにかできる、必殺の力があるじゃないか。

「……トキヤ？」

少し考え込んでから、僕はユージーンに振り向いて言った。

「……時間魔法を使えば、解体できるかもしれない」

「はぁ⁉　なに言ってんだ、お前⁉」

目が飛び出るほど驚いたユージーンの、素っ頓狂な声は予想できていた。

普通なら、解体技術の素人である僕にそんな大仕事を任せられない。でも、僕の魔法なら、死なない限り何度失敗してもやり直せる。必要とあらば、何十回、何百回でも。

「解体技術のスキルを学ぶのはそう時間がかからない。時間はかかるけど、これなら必ず……」

危険だけど、爆発すると思ったら『リワインド』を繰り返す。

魔法スキルを習得した時のように、トライアンドエラーを繰り返すつもりだった。

「残念だが、そうはいかねえみたいだぜ」

役場の扉を乱暴に蹴って入ってきたダリルさんが、僕の話を遮るまでは。

「ダリルさん！」

彼の顔は、この街に来てから一度も見たことがないくらいひどく憎々しげだった。

「さっき街役場の鑑定課から何人か引っ張ってきて、鑑定魔法を使わせた。結論から言うと、あの爆弾は解体どころか人が触れることすら許さねえ、とんでもねえ代物だよ」

「とんでもない……？」

「あれの正体は決戦兵器『魔獣殲滅《せんめつ》爆弾』。信じられねえ破壊力で、最低でもヴィスタスは簡単に吹っ飛ぶ。外側は大量の保護魔法障壁でガードされてるが、内部が振動に信じられねえくらい弱い。今のところは支えのおかげでなんともないが、もしも支柱がなくなったなら、たちまち爆発するだろうな」

「街が吹き飛ぶ、だって？」

「最低でも、な。トキヤ、もしお前が魔法を使っても、内側にちょっとでも触れたり、揺らしたりしたら爆発するぜ。どれだけ解体技術があっても意味がないだろうな」

僕の鑑定は、あくまで球体が爆弾であることだけを看破した。そこから先は、まず大人に事情を話さなければならないと思って鑑定しなかった。

まさか、衝撃に弱いなんて弱点があるとは。これじゃあ、どれだけスキルに熟達しても即座に爆発してしまう。そうなれば、時間魔法を使う前に僕が死んで、おしまいだ。

「あれがあったのは役場のほぼ真下だ。お前ら、まさか……」

「役場とギルドが関与してるわけねえだろ、アホか！」

じろりと睨んだユージーンに、ダリルさんが即座に反論した。

「仮に関係してたとして、こんなやべえブツを街に残すかよ！」

「大戦時、魔獣をまとめて討伐しようと目論む一部の過激派がこの地域で権力を持ってたみたい。あくまで推測だけど、試験品を極秘裏に開発を進めていたけれど、完成直後に終戦してしまって、施設ごと封印したんじゃないかな」

「アイザックの予想が当たってそうだな。戦争の遺物、ってわけだ」

遥か昔に遺された邪悪な力に、金等級の冒険者もお手上げといった様子だ。

「ひとまず、さっき俺ちゃんが言った内容を役場伝いで市の上層部に通達しておいた。どうにか処理できる連中をよこすか、それとも……」

ダリルさんの言葉を遮るように、役場を切り裂くような声がした。

「……そんな！　じゃあ、街はどうなるんですか！」

カウンターの中から悲痛な嘆願を響かせるのは、副代表だ。

彼女が話をしているのは、四角形の灰色のアイテム。確か、内蔵された特殊な石を使って声を魔力に変換して通信できる装置とか、なんとか。ステータス・ボード同様に最新の技術で、元いた世界でいうところの携帯電話になるのかな。

「街には家屋も人も、それに代表はまだ……ま、待ってください……！」

副代表は必死に話を続けようとしたが、やがて会話は途切れたようだった。

「どうした？　なにがあったんだ？」

うなだれた副代表にダリルさんが声をかけると、彼女は目に涙を溜めて言った。

「たった今、エルミオ市庁舎から魔法通信がありました。一週間以内に街の全住民を周辺区域に避難させて……その後、街の全域に結界魔法を張り巡らせた上で、専門家が遠距離から安全に起爆するそうです」

　起爆。すなわち、爆弾の爆発。

　そう聞いた途端、役場が半ばパニックに近い空気に包まれた。

「起爆ぅ⁉　おいおい、それじゃあ街はどうなるんだ⁉」

「ダリルさんの話が正しければ、街が消えてなくなります！　ギルドも、エインズワース商会もなにもかも……私達の居場所が、なくなってしまうんです……！」

　悔しそうな顔で、副代表は魔法通信機を握りしめる。

「そんな……！」

「俺が生まれた街が、こんなことに……」

　役場に、パニックを通り越して失望の空気が漂う。誰しもが、街を喪失する恐怖とどうしようもない無力感に打ちひしがれているのがわかる。

　ただ、副代表はやはり街の顔というのもあってか、すぐに気持ちを切り替えたようだ。

「……代表に、もう一度連絡を入れます。住民の避難は役場の者が主導します」

「それしかねえな。俺ちゃんから冒険者の伝手に連絡を入れて、作業の補助ができねえか聞いてみる。一週間とは言わず、四日以内には他の街に移動できる手はずを整えるよう、役場の皆とギルドで力を合わせて、エルミオ市庁にかけ合ってくれ。アイザックは、エインズワース商会とライナスを手伝ってやれ」

「わかりました……」

アイザックは納得していない様子だったけど、もうそういう次元の話じゃないというのも理解しているみたいだ。だから、ダリルさんに反論する様子もない。

各々が沈んだ面持ちで役割に就く一方、僕達は役場の真中に取り残されてしまう。

「トキヤ……シラユキ達で、なんとかならないデスか……?」

シラユキがうるうるとした目で僕を見つめる。なにか名案を出したいけど、思い浮かばない。

「どうにかできるなら世話はねえよ。俺達はトキヤのためならなんでもするが、こればっかりはどうしようもねえ。あの爆弾の魔力量からして、聖獣ですらもろに爆発を喰らえば、生きて帰れる保証はないからな」

「だ、だったら！　凍らせて、どこかにポイしたら……」

「根本的な解決にならねえだろ。どこかに捨ててそこで爆発したら、その区域で人や他の生き物が死んじまう。そもそも、凍らせた反動で爆発したら元も子もねえよ。俺の速度とパワーでも、お手上げだ」

「トキヤぁ……」

聖獣ですら匙《さじ》を投げる事態に、シラユキはただ僕の名前を呼ぶだけだ。

僕自身、実際問題、もう考えるのを諦めるところまで来ていた。いくら時間魔法があるといっても、人間ひとりができることなんて知れているって。

（爆弾の解体は望めない。爆発すれば多くの人が死んで、街がなくなる。時間魔法もこれまで培ってきた魔法も意味がないのに、僕にできることが……）

——自分になにができるのかはわからないけど——。

——なにを成し遂げられるのか、なにができるのかを知りたい！

その時、里を出る前にオサに言った言葉が頭をよぎった。

あの時の僕は、なにができるかを知りたかった。でも、今はそうじゃない。

（……いいや、違う！　なにができるかじゃない、今だけは違う！）

今の僕になによりも必要なのは、知識でも経験でもない。

（なにができるかわからなくても、僕がやりたいことは決まってるだろう！）

できるか、じゃない。やりたい、やるという意志——後悔しない、強い意志だ。

そう決まってから、僕の脳みそは恐ろしいほど速く動き始めた。周りの動きも構わず、ユージーンとシラユキが僕を見つめるのも構わず、僕はやらなければならないことに意識を集中した。

僕がするべきは、爆弾の処理。街で爆弾を爆発させず、安全に処理する方法。

そのために、なにが必要か。爆弾に対して、僕がやりたいことは——。

「——動かそう」

「「は？」」

僕の呟きを聞いた誰もがその場で足を止めた。

反射的に口から出た言葉ではあったけど、僕が皆に話をするにはちょうどいい。

「爆弾を街の外に動かそう。僕の魔法を使えば、爆弾に対する衝撃そのものを短い間だけど抑えられる。その間にどうにか移動させて安全なところで爆発させればいい」

といっても今、僕の中に明確なアイデアはない。この作戦を確実なものにするには皆の協力と知恵が必要だ。そこに僕の時間魔法を重ねて確実にしたい。

「トキヤさん、無理だよ。確率計算を出すまでもない、不可能だ」

「僕には時間魔法がある。時を操る魔法だ、うまく使えばきっとなんとかなる」

アイザックひとりならどうにか説得できそうだったけど、周囲の空気はまるで変わらなかった。僕の見た目が子供だからどうしても信用してもらえないのは仕方がない。

だとしても、このまま皆の街が消えるのを眺めてはいたくない。

「……トキヤ、冗談を言ってる場合じゃねえぜ」

ダリルさんはこちらを睨んだけど、僕は引かない。今回ばかりは特に。

「冗談じゃないよ。街を守って、なおかつ爆弾を処理するにはもうこれしかない」

「ガキの浅知恵でどうにかなるわけがねえだろ！」

そんな僕の強情さに苛立ったのか、ダリルさんはテーブルを蹴り飛ばして叫んだ。

彼の気持ちはわかる。ダリルさんは僕なんかよりずっと街を愛してるはずだ。

「ヴィスタスは俺ちゃんの故郷だ、こっちだってどうにかしてぇよ！　してぇけど、どうにもならねえんだよ……なるはずが、ねえだろうがよっ！」

「ダリルさん……！」

どうにかできるなら、どうにかしたい。彼がのどの奥から絞り出した声には、そんな悲痛な思いが込められているように聞こえた。周りの人々も、頷いたり、なにかを呟いたりはしているが、やっぱり、状況を打開する考えには至らない。

ただ、僕は説得する手札を持っていた。

ユージーンは必ず怒ると思うけど、今言わなきゃいつ言うんだ。

「どうにかなります！　最初にステータス・ボードに表示された情報は全部本当だから！」

聖獣達も含めてギルド中がざわついた。

「トキヤ、お前なに言ってんだ！　そんなことを言ったら……」

「ごめんね、ユージーン。だけど今、僕が自分の秘密を明かすことで皆の助けになるなら、隠すのに意味なんてない！」

僕はダリルさんの目を見つめて告げた。

「僕の魔力は二億あります！　宮廷魔術師百人分よりずっと多い魔力です！『時間魔法』は少し時を戻すだけじゃありません、やろうと思えば時間を完全に操ったり、止めたりできます！　僕が持てる力を全部使って街を守ります、だから……！」

実際のところ、成功する根拠はない。でも、皆がどうにかしてでも街を救いたいと思えたなら、きっと名案が浮かぶ。僕のすべてをさらけ出してでも奇跡を起こしたい。

そう心の中で祈った、その時だった。

「――トキヤ君の勇気を見習ったらどうだね、ダリル？」

ギルドの扉が大きな音を立てて開き、ライナスさんがやってきた。

しかも、彼だけじゃない。ホリーさんに、スカーレットまでいる。確かライナスさんは別件で出ていて、ホリーさん達は屋敷で待機していたはずだ。

「ライナス！」

驚くダリルさんの前で、ライナスさんは胸を張って言った。

「話は聞かせてもらったよ、トキヤ君。聞けば、爆弾は解体できないから遠くまで移動させて爆発させようというわけだね？　まったくもって荒唐無稽、大人からすればバカみたいな提案だ」

鼻で笑いながら話すライナスさんだけど、目はそうは言っていない。

今、このギルドで一番僕の話を受け入れる姿勢ができているのは、彼だ。

「だが、私は大いに気に入った。君のめちゃくちゃな作戦をエインズワース商会は全面的にバックアップしよう！　頭脳も、金も、人員も、好きな数を好きなだけ貸し出そう！」

――だけど、まさかここまで言ってくれるなんて、思ってもみなかった。

「……それって！」

ライナスさんは、僕の〝爆弾を移動させる〟という作戦に、とんでもない数の人とお金を注ぎ込んでくれると言ったんだ。街の商業の多くを統べるエインズワース商会がもし財力を総動員させれば、とんでもない大作戦になるはずだ。

それこそ、ギルドと役場の面々がわずかに顔を上げるほどに。

「ライナス、お前、正気か⁉」

目を見開いたダリルさんの問いに、代わりにホリーさんが答えた。

「ええ、うちの旦那はまともよ。そりゃあ、さっきまで役場の前でトキヤさんの作戦を聞いてへっぴり腰になってたけど、私が思いっきりケツを蹴っ飛ばしてやったらこの通りよ！」

「そ、それは言わんでくれよ、ホリー！」

「あたしもおーえんしたよ！　パパ、がんばれーって！」

なるほど、奥さんと娘さんの後押しが彼を動かしたんだね。

ちょっと慌てるライナスさんだけど、僕には彼が最高の父親に見えるよ。

「とにかく、街が吹っ飛ぶとなるとエインズワース商会は大打撃をこうむるのでな。なるべくなら街は残しておきたいし、なにより、危険な爆弾を役場ではなく商会が主導して処分したと世間に伝われば、店のいい宣伝になるだろうよ！」

こんなにしたたかで頼れる父親なんて、自慢の親以外の何物でもないさ。

「こんな時まで商売のこととは。商人の鑑だな、こりゃ」

呆れるユージーンにウインクして、ライナスさんはまだ慌てている副代表とその他諸々、ギルドのスタッフや役場の職員に向けて、挑発的な笑顔を見せた。

「さて、ここまで一商人に自由にさせておいて、役場とギルドは黙ったままかね？　これからの行政に不安が残るなら、いっそまつりごとの権利を私が買い取ってやろうか？」

不敵に笑う彼の言葉は、行政への挑戦状だ。

このままエインズワース商会が主導を握って、見事に爆弾を処理すれば、世間は商会を賞賛するだろうね。けど、そうなったなら、ギルドと役場は「なにをしていたんだ」と街の人々から後ろ指をさされかねない。

ライナスさんはそれを知っているんだ。自らが指揮権を握るつもりはなくても、わざとらしく自分がこう言えば、向こうがどんなリアクションを取るのかを。

そして行政に携わる人々は、果たして彼の予想通りの行動を取った。

「……いえ、我々も街が消えるのを黙って見ているつもりはありません！」

副代表のなかばヤケクソに近い表情と瞳に、闘志が宿っている。

一商人に街を我が物顔で支配させてなるものかと。いくら友好的な関係を築いているとしても、こちらにもプライドがあるのだと。

彼女達は頷き合い、役場中に響き渡る声で言った。

「どんな作戦でも考えます、エルミオ市庁舎への報告事は全部ごまかします！　爆弾を安全に処理できるまで、その補助を冒険者ギルドで依頼として張り出します！　報酬は最低でも大銀貨十枚、功労による追加報酬は青天井としましょう！」

今度こそ、施設が揺れるほどのざわめきが起きた。

爆弾処理の依頼に全冒険者が殺到し、彼ら彼女らがとんでもない功績を立てたとして、ギルドが破産しても報酬を支払うという覚悟の表れだ。言い換えれば、おかしくなったと思われても仕方のない発言だ。

「い、いいのかよ！　代表が聞いたらなんて言うかわからねえぞ！」

ダリルさんの再びの問いに、副代表は魔法通信機を見せた。

そして、それを指さしながら胸を張って言った。

「その代表に、たった今魔法通信が繋がりました！　さっきの言葉はすべて、代表からの返事です！　南部から大至急、こちらに戻ってくるそうです！」

ギルドを包む空気が、少しずつ変わりつつあった。

皆にとってのやるべきことが、できることへと変わりつつある。僕の胸が高鳴ってくるのと同じように、皆の目にも火が灯ってくる。

ダリルさんだけはまだ茫然としていたけど、不意にアイザックに肩を叩かれた。

「……ダリルさん。この話、どうやらただの冗談じゃないみたいだよ」

「どういう意味だ、アイザック？」

彼の指先で光っているのは、魔法によって生成された数字。

これまでずっとゼロを指示していた数字が、今は違った。

「僕の確率計算スキルが、少しずつ変化してる。『トキヤさんの作戦で、爆弾を安全に処理できる確率』が……二パーセントあるんだ。まだ説明も受けてないのに、二パーセントだよ」

ダリルさんを見るアイザックの目は真剣そのものだった。

「作戦を聞いて皆で詰めて、僕の知り合いの魔法学院卒業者に声をかけて、早急に対応すればば……たぶん、確率はもっと上がる。僕はトキヤさんを信じるよ。僕を、僕のユニークスキルを信じてくれたトキヤさんを！」

僕は何度か自分に自信のない様子のアイザックを見てきた。でも、今、僕の目の前にいる彼は違う。街のために立ち上がる勇気ある者の目をしているんだ。

さて、ダリルさんがなんと返事をするか。もう僕は、皆は知っていた。

「……だー、もう、そんな目で見てんじゃねえよ！」

手をぶんぶんと振り回しながら、彼は僕をジッと見つめた。

「わーった、わーった、俺ちゃんの降参だ！　金等級でいくつか仕事してりゃあ、冒険者だけじゃねえ、プライベートでの知り合いも多い！　そいつらに、なにかできねえか聞いてやる！副代表さんよ、ギルドのことは俺ちゃんに任せとけ！」

エインズワース商会の資金。

冒険者ギルドと町役場のバックアップ。

アイザックの確率計算とダリルさんが信用するほどの協力者。

僕の願いは現実へと変貌しつつある。

「皆……！」

昂《たかぶ》る感情に震える僕の肩をユージーンが軽く叩いた。

「トキヤ、お前がこれだけの人間を動かしたんだよ」

彼だけじゃない。シラユキも、僕を見て満面の笑みを見せてくれた。

「お前には、時間魔法より、山盛りのスキルより、神の加護よりすげえ力がある。諦めかけてる人間にすら希望を信じさせてみせる、〝心の強さ〟だ」

「シラユキも皆も、トキヤと一緒に博打《ばくち》を打つデス！」

「どこで覚えたんだよ、そんな言葉」

ふたりの声がいつも以上に心強かった。

ユージーンは僕が皆を変えたって言ったけど、本当は違う。変わるための勇気をくれたのは皆で、僕の背中を押してくれたのも皆だ。

皆の中にある心の強さ――できることを信じる強さが、ここに集ったんだ。

「心の、強さ……うん、わかった！」

さあ、もう迷う必要はない。

僕にできるすべてと、皆のすべてをぶつけてやる。

「やろう、皆！　爆弾を処理して、ヴィスタスを守るんだ！」

「「おおーっ！」」

僕が掲げた拳に、皆の拳が集まった。


爆弾が見つかった日から、あっという間に三日が過ぎた。

街からは住民がほとんどいなくなり、がらんどうとした雰囲気だけが残っている。いつもは人で賑わっている冒険者ギルドも大通りも、今日ばかりは誰もいない。

なぜか――簡単だ。

今、爆弾のある地下道への入口で、街の命運を分ける作戦が始まろうとしているからだ。

「――それじゃあ、作戦内容の最終確認をします」

木箱に乗って声をあげる僕の前には、二十人近い人が集っていた。

ダリルさんやエインズワース一家、ギルドの冒険者や外部の協力者だけが街に残っている。

もちろん、シラユキとユージーンも僕の傍にいるよ。

ふたりのどっしりとした佇まいのおかげで、皆もしっかり話を聞いてくれるね。

「僕達がこれから取りかかる作戦、『ピタゴラ作戦』の最終目標は爆弾の安全な処理。つまり、誰ひとり欠けちゃいけない。ひとりも死なないことを大前提に考えてください」

作戦名は前世で見たテレビ番組から取ったけど、意外としっくりきた。ちょっとかわいらしい名前でも、これが失敗すれば全員が死ぬ。時間魔法は失われた命を取り戻せない。だから、なによりも慎重さが求められる。

僕の秘密はもう話した。あとは成すべきことを成すだけだ。

「それじゃあ、改めて作戦を説明していきます。ユージーン、アイザック、説明をよろしく」

「ああ。まずは作戦の第一段階だが、地下から爆弾を地上に運ぶぜ」

僕の前に出たユージーンとアイザックが、大きな紙を広げて説明を始めた。紙には爆弾の特徴や今回の作戦に関する事項がびっしりと書き連ねられている。

「つっても、支柱から外した爆弾は振動に弱くて、ちょっと動かしただけでも爆発しちまう。そこで、トキヤの時間魔法『ステイシス』で時間を止めて、その間にダリルの冒険者仲間に支えの柱から爆弾を外させる。そいつらに任せて、いいんだな？」

「おうよ。俺ちゃんの知ってる冒険者の中で、罠《わな》の解体に長けた奴を四人集めた。さっきも支えの柱を見てもらったが、あれならすぐに外せるって言ってたぜ」

ダリルさんの後ろには、四人の男性が腕を組んで立っている。

髭を生やした高齢の彼らからは、強い自信が感じられた。

「そいつらが爆弾を外したら、俺ができる限り早く、爆弾を地上に持っていく。トキヤは常に

『ステイシス』をかけたままで頼む……ここからはアイザック、お前が説明しろ」

「わかった。爆弾を地上に出したら、地下道の入口から街の外に続く氷のレールにのせる。シラユキさんと僕の友人の魔法学院卒業生で作った氷のレールだ、精度は保証するよ」

僕と皆がアイザックの指さす方を見ると、とんでもない長さの氷のレールが街の外まで一直線に続いていた。

「お日様が当たっても溶けない、めちゃ長いレールデース！」

アイザックの隣に立つ魔法学院の卒業生とシラユキ、そしてアイザック自身がかなりの労力をかけて造った氷のレールは、下手な木材よりもずっと高い強度を誇る。だけど、レールを造る上での一番の功労者は間違いなくライナスさんだ。

「これを作れたのはライナス、お前のおかげだな。まさか一直線のレールを敷くために、邪魔になる家屋と施設、その他諸々を全部買い取って破壊するとはな」

「土地の値段に言い値を上乗せさせたんだ、誰も断らなかったよ」

「いつもお金を溜め込んでるんだから、こういう時に使わなくちゃね！」

ライナスさんは、僕達が立案した作戦にかかる費用のすべてを負担してくれた。

僕の目の前で言い値で買い取るさまには、改めて人間社会での、お金の力強さを思い知らされたよ。

「それに、長い一本の直線のレールを敷くというのは、ここにいるスカーレットのアイデアだ。

滑り台を見てそう言った時には驚かされたよ」

「えへへ！　パパがよく言ってた、しょーばいに必要な、じゅーなんなアイデアだよ！」

スカーレットの頭を撫でるエインズワース夫妻の隣で、アイザックが説明を続ける。

「ただし、そのまま滑らせれば衝撃が伝わる。だから、エルフのナカツさんが用意したドデカバネグサの葉をいくつも重ねた緩衝材で爆弾を包んで、ゆっくり滑らせるんだ。僕の確率計算では、一定速度までなら百パーセント安全に運べるよ」

これは僕にとっても予想外だったけど、他のどんな素材よりもナカツさんの持っていた植物が緩衝材として適材だった。

ナカツさん曰く『育ちきるまで半年はかかる』らしいけど、そこは僕の時間魔法の出番だ。時間を加速させれば、一番葉が柔らかくなる状態まで数秒で育ち切ったよ。

「ナカツ、お前が育ててた植物がこんなところで役に立つとはな」

「ワイも予想してへんかったわ！　まあ、皆を守るために使われるならええこっちゃ！」

ダリルさんに肩を叩かれて、ナカツさんは歯を見せて笑った。

「話を続けるよ。爆弾の移動にはダリルさんと、彼が指名した腕利きの冒険者五人、トキヤさんとその付き人、それから僕がついていく。シラユキさんは氷のレールにひびが入らないか確認しながら、常に調整してもらいたいんだ」

「任せるデス！」

「トキヤさんを高速で移動させる手段は、ユージーンさんに任せていいんだよね。とにかく、時間魔法である程度爆弾を制止させてほしい。けど、ずっと止め続けることはできないはずだから、要所要所……僕の確率が揺らいだとこで発動してくれ」

「おう、俺が最高速でこいつを運んでやるよ」

「判断は君に委ねるよ、アイザック」

　僕は時間魔法が使えるけど、使える回数は限られている。

「知ってるとは思うが、トキヤの時間魔法は濫用できねえぞ。加速、巻き戻しはまだしも、静止させるのはとんでもねえ量の魔力と体力を消費するからな。使えて一日十回、時間もそう長くはねえってのは頭に入れとけ」

「だけどよ、トキヤの魔力は二億もあるんだろ？」

　ダリルさんの言葉を聞いて、ユージーンが首を横に振った。

「こいつの時間魔法は、静止させるだけで何百万って量の魔力を使うんだよ。神の領域に踏み込んだ魔法だ、普通の人間が使えば一秒の時間を操るだけで枯死しちまう。しかも魔力と違って体力はもっと少ねえ。魔力が尽きなくても先に体がばてちまうぞ」

「ごめんなさい、もう少し僕の体力があれば……」

「気にしないでくれ、トキヤ君。君がいなければ、そもそも作戦すら立案されなかったんだ。君は君にできることを、できる範囲でやってくれればいい」

僕の肩を叩いて勇気づけながらライナスさんが言った。

「それで、ユージーン。作戦の最終段階はどうする？」

「ここからは、僕が説明します」

ユージーンの代わりに、木箱から下りた僕が答えた。

「街の外に出て、森まで繋げたレールに沿って、爆弾を魔獣の墓場に投げ入れます。入れる直前にも『ステイシス』をかけて、爆弾の時間を限界まで止めつつ……底なし沼の中で、爆発させます」

「底なし沼の中、か。聞いた時も耳を疑ったが、今でも不安しかねえなあ」

ダリルさんがどうにもいい顔をしない理由はわかる。聞いたところだと、ヴィスタスでは昔から、立ち寄ってはいけない危険なところだって伝えられてきていたみたいだし。

「アイザックの部屋に積んであった古書によると、あれはただの底なし沼ではないようだ。大戦時代の試作兵器……生物の居住地域を沼へと変え、殲滅する兵器だ。どうやらヴィスタスは戦時中、あらゆる兵器実験に使われていた場所らしいな」

ライナスさんの隣でアイザックが頷いた。

「家屋やあらゆる建物を呑み込む沼だから、魔獣すらも上がってこられない。それで、魔獣の墓場って呼ばれてた。それくらいの場所なら、爆弾の威力も相殺できるはずだよ」

「問題は、沼のある森が魔獣の巣窟ってところだ。しかも、森の入口から沼までは距離があって……挙句の果てに、魔獣は魔力のある人間を好んで食う特徴がある、って点だな」

　僕達はおおむね会話の内容を理解しているけど、ホリーさんは首を傾げていた。

「つまりどういうことなの、ライナス？」

「爆弾は魔力の塊だ。魔獣が寄ってきて、襲いかかってくる可能性が高い。追い払えても、少しでも魔獣が爆弾に触れれば爆発するかもしれないわけだ」

　ホリーさんの問いに答えるライナスさんの顔は、さっきとは打って変わって険しかった。それくらい、最終段階は危険性が高いんだ。

「氷のレールは、俺ちゃんとギルドが集めた山ほどの冒険者と腕自慢の男連中に守らせてる。それでも、魔獣の攻撃が一発でもすり抜ければおじゃんだ。しかもシラユキとトキヤは戦えないときた」

「森に入ってからの危険性は、街を出てからとは比べ物になりません。アイザックに何度も計算してもらいましたが、常に爆発のリスクがあります」

　アイザックが紙の上に表示した魔法の文字は、『十』を示していた。

「実際に行動を開始してからとは差が出るかもしれないけど、理論上の計算じゃどう頑張っても爆発率が十パーセントを下回らなかった。魔力の塊に引き寄せられる魔獣、レールへの衝撃、今こうして話している事柄以外の、想定外の事態……なにもかもを考慮した上で、十パーセント、爆発する可能性があるんだ」

十回に一回、爆発する。最低でも一割の可能性で爆発して、街や森が消し飛ぶリスクがある。そんな危険を背負わせる、命がかかった大仕事だ。誰もがやる気でも、最終確認だけはしないといけない。

「……これらを踏まえて、皆さんに、最後のお願いがあります。僕は――」

そう思って声をあげた僕だけど、ライナスさんが静かに手で制した。

「おっと、トキヤ君。ここから先は、大人の役割だ。君に背負わせるわけにはいかないな」

彼は髭をいじりながら微笑みかけると、皆に顔を向けた。

僕の隣に立つライナスさんは、他の誰よりも真摯で精悍《せいかん》な顔で言った。

「エインズワース商会代表、ライナス・エインズワースからの頼みだ！　我らが慣れ親しんだ街、ヴィスタスを守るべく――諸君の命を、貸してほしい！」

力強い言葉だった。

家族を守り、街を守ろうとする父親の堅固な意志が、形になったかのような声が轟《とどろ》いた。

「「おおぉーっ！」」

ライナスさんの言葉に返ってきたのは、街が揺れるほどの大きな声だ。この振動で爆弾が爆発するんじゃないかってくらいの勇気と希望が周りに満ち溢れる。

「こういうのって普通、役場とかギルドのお偉方が言うもんじゃねえか？」

「帰ってきた代表を先頭に、彼らは皆揃ってエルミオ市庁舎に行ったよ。連中が余計な茶々を入れないよう、必死に足止めしている。彼らは彼らなりの戦いをしてくれているのさ」

「エルミオ市庁は、俺ちゃん達と違ってハナから街を捨てるつもりだったからな」

「ここに来たって、きっと手伝おうとはしないわよ」

ホリーさんの言う通り、やるべきことをやっている人がもういるんだ。

僕達もずっと話し合ってばかりではいられない。作戦については完全に共有したし、行動に移して街を救わなきゃ。

「……よし！」

ぱんぱん、と両頬を手で軽くはたいて、僕は胸を張って叫んだ。

「それでは、これからピタゴラ作戦を開始します！　解体班と僕、ユージーン以外の全員は地下道の入口へ移動してください！　配置につき次第、魔法通信で連絡を入れてください、お願いします！」

僕のひと声で、一斉に皆が動き出した。

罠外しのプロ、僕とユージーンは地下道の入口に足をかける。僕が地下に下りていく直前に、アイザックとシラユキが率いる氷のレールの保護チームがレールの点検をしているのが見えた。

ナカツさんやエインズワース一家にダリルさん、他の面々といった、なにかあった時のためのヘルプ役を一瞥してから、僕達は魔法通信機を片手に爆弾へと走っていった。

ちなみに魔法通信機は、全部副代表から借りたんだ。普通に買うとエインズワース商会でも揃えられないほど高額らしいから、壊さないように気をつけないと。

そう考えているうち、爆弾のある行き止まりに到着した。

工事によって広がった穴をまたぎ、僕達は爆弾に近づく。罠を外す担当の四人が背負っていた道具を広げて、爆弾を支える四つの支柱の前に位置取った。

「待たせたな！　トキヤ、いつでもいいぜ！」

「了解です！　皆さん、準備はいいですか！」

「「おう！」」

「久々にフルパワーが出せるんだ、腕が鳴るぜ……！」

バキバキと腕を鳴らすユージーンの隣で、僕は右手を爆弾にかざした。

「――ピタゴラ作戦、開始！　『ステイシス』っ！」

そして魔法を発動させると、爆弾は一切の動きを止めた。

無音で淡い光を発する球体の不気味さは凄まじいけど、気圧されるわけにはいかない。

「爆弾の時間を止めました！　今のうちに、支柱を解体してください！」

「よっしゃ！」

「任せろ！」

僕の号令で四人の冒険者が一斉に動き出した。

ダリルさんは彼らを高く評価していたし、僕も彼らに信頼を寄せている。でも、四人の手際のよさと、支柱を解体する速度は僕が想像していた以上だった。

しかも支柱を壊していく過程で、ユージーンが運んできたドデカバネグサで爆弾を包んでいる。瞬きする間にどんどん作業が進んでいくさまは、まさしくプロの技だ。

「できたぞ、坊主！　ドデカバネグサの葉もセッティング完了だ！」

「待ちくたびれたぜ！　トキヤ、ここからは俺の出番だ！」

冒険者さんの声を聞いて、僕とユージーンが頷いた。

「もう姿を隠す必要はねえよな、最高速でぶっ飛ばすぞ！　しっかり掴まれよ！」

これまでは人間だって押し通してきたけど、ユージーンも僕同様に本性を隠して作戦は遂行できない。というか、彼はこの姿を見せたがっているようにも見えたんだ。

黒く巨大な翼と一対の角を生やし、鱗と牙を剥き出しにした――黒い竜の姿を。

『うおおぉーッ！』

地下道を震わすほどの雄叫びと共に、驚く冒険者達をよそに、ユージーンは爆弾をひょいと掴んだ。そして、首にしがみついた僕と一緒にとんでもない速度で飛び、地下道を駆け抜けていく。

行きの何倍も速い帰り道の中でも、僕は『ステイシス』を解除しないように集中する。ついでに、ユージーンから振り落とされないようにも集中する。

目に映る景色が繋がって見えるほどのスピードのまま、僕達は地下道を飛び出した。

「な、なんだァ⁉」

「あの黒い翼……あれが、ユージーンか⁉」

皆が目を見開く中、爆弾を背負ったユージーンが舞い降りた。

僕を下ろした彼は、弁明も言い訳をする気もさらさらない表情だった。

『悪りいな、俺の正体は聞いてくれるなよ。これが、最速で爆弾を地上に持ってくる手段だったってだけだからよ』

「……ああ、質問は後だな！　作戦を次の段階に進めるぞ！」

なんせ、今はもっと大事な事柄が皆の眼前にあるんだから。

「爆弾には『ステイシス』をかけてあります！　迅速にレールの上に敷いてください！」

ユージーンと一緒に何人かの冒険者が爆弾を抱えてレールの上に置いた。まだ爆発していないのは、僕の魔法があるからだ。もしも不用意に解除すれば、一気に振動が伝わり、爆発しかねない。

「アイザック、計算をお願い！」

だからこそ、ここでアイザックの出番だ。彼の確率計算スキルで魔法を解除するタイミングを見計らうんだ。

人差し指を立て、何度か爆弾の置き方を調整するよう指示して、アイザックが言った。

「……確率、出たよ。爆発率、三パーセント以下だ。やるなら今だね」

「わかった……『ステイシス』解除」

それと同時に、僕はやっと魔法を解除した。

葉っぱに包まれた爆弾がレールに置かれて、一秒、二秒、三秒。

「……爆発、しない！　よし、成功だ！」

葉の内側で光り続けながらも、爆弾は爆発しなかった。

「やったぜ、トキヤ！」

「時間魔法はすごいな……尊敬するよ、トキヤさん」

ひとまず第一段階が成功したからか、ダリルさんやアイザック、皆の間では歓喜の声が漏れていた。僕も喜びたかったけど、肩にかけられたユージーンのひと言がその時じゃないと教えてくれた。

『騒いでんじゃねえよ、人間共！　本番はこっからだぞ！』

「シラユキと魔法学院の皆でレールを確認しながら進めるデス！　パワーのある人は爆弾をゆっくり、ゆ～～っくり、押して進めるデスよ！」

ふたりの指示を受けて、冒険者や街の力自慢が爆弾に手をあてがう。

ユージーンの時と違って、複数人で押す以上、僕の出番も自然と多くなるはずだ。

『トキヤ、お前の魔力はできる限り温存しろよ。沼に落とす時に「ステイシス」が使えねえとなると、リスクがデカすぎるからな』

「大丈夫だよ。これが僕の、やりたいことだから！」

『ほどほどにな。よーし、腕っぷしだけが取り柄の連中共、爆弾を押すぞ！』

えいえいおう、という強いかけ声と共に、爆弾はゆっくりと動き出した。

幸い、ドデカバネグサのおかげか、動かしてすぐに異変が見られることも、しばらく押し続けてなにかが起きることもなかった。複数の人員が代わる代わる押し続け、予想よりも早いペースで、爆弾は氷のレールを滑っていく。

スカーレットやホリーさんは、汗を拭いたり、水分を提供したりして、サポートに貢献してくれた。特にスカーレットの応援は、皆の士気をしっかりと高めてくれたみたいだ。

唯一危険要素として認識されていたレールの破損は、シラユキとアイザックが率先して発見し、魔法学院の卒業生達が同時に魔法を使って、瞬時に修復した。

おかげで、ほとんど僕とユージーンの出番はなかった。

そうしてまっすぐ、ひたすら爆弾を動かしているうち、遂に街の端までたどり着いた。

「――門の前まではどうにか……移動させられたね」

大きな扉が開いた門の傍で、爆弾は一時停止した。

ここまでずっと力仕事に従事していた面々は、緊張もあってか、さすがに疲弊しているようだった。ここからさらに森の奥まで爆弾を運ぶというのは、普通の人間には酷な話だ。僕だって、きっと前世の力のままなら耐えきれない。

それでも、僕の判断は必要だ、と言い切れるものだった。

「……街の外へは、最低限の人数で行きます。僕とユージーン、シラユキ、ダリルさん……そして、アイザックの五人とレールを護衛する冒険者だけで、爆弾を処理します」

街の外に出るのは、はっきり言って危険だ。魔力の塊である爆弾を抱えたままならなおさらで、魔力をかぎつけた魔獣から全員を守るのはかなり難しい。僕の魔力のほぼすべてを爆弾を止める『ステイシス』に費やす。体力も不足するなら、言いたくないけど全員を守り切るのは不可能だ。

だから、時間魔法をかける僕、爆弾を押すユージーンとダリルさん、レールを何カ所かで監視している冒険者、そしてレールを補修しつつ皆を守るシラユキと──同じく氷を補修しながら確率計算をするアイザックが必要だ。

僕としては彼を巻き込みたくなかったけど、彼自身が僕に頼み込んできた。最後の最後まで協力させてほしいって。

「アイザック……！」

僕の呼びかけに頷いたアイザックの隣で、彼の家族が立ち竦んでいた。

不安げな目で見つめるライナスさん、涙を目に溜めるホリーさんとスカーレットの前で、アイザックは少し力なく笑って見せた。

「……父さん、僕は今まで、自分に自信を持てなかった。魔法学院を首席で卒業しても、ユニークスキルが発現するほど本を読み込んでも、自分に価値を見出せなかった。漠然とした不安で、いつも苦しかった」

言葉とは裏腹に、彼の目に初めて会った時のような迷いはなかった。

「けど、トキヤさんが教えてくれたんだ。誰かのために力を使うことが、自分の不安を拭い去ってくれるって。自分の殻に閉じこもるんじゃない、誰かの傍にいて、初めて自分の価値を見出せるんだって！」

彼の目には覚悟の火が灯っていた。自分の力を証明する、決意の火だ。

「爆弾は怖いけど、僕はトキヤさんの恩に報いたい。だから、行くよ……必ず、帰ってくる」

「ああ、アイザック……！」

「お兄ちゃん！」

拳を握りしめるアイザックを、家族が抱きしめた。それからホリーさん達は、隣にいた僕も抱きしめてくれた。この温もりを裏切るわけにはいかないと思えるほど、三人の体は温かい。

ホリーさん、スカーレットと離れて、最後にライナスさんが、もう一度僕とアイザックの肩を強く抱いた。

「トキヤ君も、必ず無事に戻ってくるんだぞ」

「……はい！　必ず、必ず戻ってきます！」

強く肩を抱き返した僕とアイザックが背を向けると、声援が聞こえてきた。

エインズワース一家と、ここまでついてきた皆の声援だ。

アイザックと拳をぶつけ合い、仲間達の前に立って、僕は深呼吸して言った。

「行こう、皆。ピタゴラ作戦最終段階だ」

『おう』

「デース！」

「よし！」

「ああ！」

気合いを込めた返事をしてからは、誰もなにも言わずやるべきことを始めた。

門の外からずっと続くレールの上の爆弾をユージーンとダリルさんが押す。力は十分にあるけど、爆発させないように集中しているせいか、普通に押すよりずっと疲れるようだ。

シラユキは獅子の姿で少し先を走って、氷のレールを補修し続ける。かなり集中力がいるのか、聖獣の姿に戻っている。ユージーンと同様に「彼女も本来の姿がある」と察していたのか、皆はなにも追及しなかった。

僕達の隣を歩くアイザックはというと、常に確率を計算しているのもあって、肉体労働をしなくても汗が額を伝っていた。

「……爆発リスクが上がった。トキヤさん、『ステイシス』をかけ直せる？」

もちろん、僕ものんびりとはしていられない。むしろ、これまでで一番と言っていいほど、魔力も体力も消費していた。

「うん、わかった……ふぅ」

爆発の確率が上がるたび、僕は『ステイシス』をかけ直した。その間にレールを補修し、押す側は体勢を整える。時間が止まっている間は集中できるし、爆発もしないけど、解除と同時にどっと滝のような汗が噴き出す。

息も自然と上がってくる。肩で息をするなんて魔法の修業以来だ。

『無理はすんなよ。もう五回目の時間制止だ、体力も目に見えて落ちてるぜ。これだけ短いスパンで「ステイシス」を使ったことは、今までなかっただろ』

「……それでも、やらなきゃね」

『トキヤ、少し休むデスか？　ユージーンやダリルより、へとへとデース……』

「ありがとう、シラユキ。でも、まだまだ僕は大丈夫だよ」

こうは言ったけど、きっと疲労が蓄積しているのは見抜かれている。

それでも、何度か中継地点で冒険者と合流したし、魔獣が襲ってくる様子もない。平原で、人の住んでいる地域には近づいてこないのかもしれないけど。

赤い森の中に入れば、きっとこうはいかないはずだ。

「森が近づいてきたな……そろそろ、魔獣が襲ってくるぞ」

ダリルさんのひと言で、僕達の間に、何度目かわからない緊張が走った。

気づけば、もう森は目と鼻の先だった。

「俺ちゃんと冒険者で徹底的に魔獣を足止めしてやる。ユージーンとトキヤ、アイザックはとにかく爆弾を沼に運ぶことだけを考えてくれ。シラユキは、氷の壁が作れるなら、それをできる範囲で広く生成してくれねえか？」

『任せるデス！　水魔法派生・氷魔法「氷瀑断崖《ひょうばくだんがい》」！』

シラユキが両手を左右に振ると、家の壁ほども高く、アイザックの書物よりもずっと分厚い氷の壁が一対、レールを保護するように完成した。僕達が通る隙間はあるけど、外からは入ってこられないはずだ。

「よし！　これだけ大きい壁があるなら、攻撃もかなり防げるはずだぜ！　魔獣の気配が迫ってきてるけども、このまま森の中に入っちまうぞ！」

首筋を伝う汗を拭うダリルさんの声に、僕が応じた。

「よし……もうひと踏ん張りだ！　行くよ、ユージーン！」

『ハッ、ばてんじゃねえぞ、トキヤ！』

ユージーンが余裕のある笑顔で返して、とうとう僕達は森の中へと踏み入った。

魔獣の墓場までは、直線的に進めば一層簡単にたどり着ける。普段は誰も行く用事がないし、そもそも森には近寄らないように街からも伝達されているから、その事実を知る人はあまりいない。

僕は魔獣が襲ってくるといっても、数は知れていると思っていた。

「来やがった、魔獣の群れだ！」

その判断は、完全に間違っていた。

氷の間を進む僕達の緊張は、ダリルさんの声で切り裂かれた。

壁に挟まれているのに、なんで魔獣の群れが来たってわかるのかって？

答えは簡単だ。アイザックが、天を仰いで口をあんぐりと開けるのも頷ける。

「こ、こんな数の魔獣、見たことない……⁉」

なんせ――三十は下らない数の魔獣が、氷の壁をよじ登って迫ってきたんだから。

四足歩行、二足歩行、蛇行、飛行。ありとあらゆる移動手段の魔獣が、目を爛々《らんらん》と輝かせてこちらを睨んでいる。壁が揺れる音からして、他の魔獣を足蹴にして、叫びながら壁にタックルまでしているらしい魔獣の様子は、明らかにまともじゃない。

まるで、大量の魔力が麻薬だとして、それにあてられたかのようだ。

「俺ちゃん達が押してる爆弾の中身は大好物の魔力、それもとんでもねえ量だ！　森中の魔獣が匂いを嗅ぎつけてもおかしくねえよ！」

ダリルさんがそう言っている間に、とうとう魔獣達が押し寄せてきた。

「アイザック、俺ちゃんから離れるな！　シラユキの壁を乗り越えた奴から、ぶった斬る！」

『シラユキ、壁を解除して広くしろ！　炎が出しづらくてかなわねえ！』

飛び越えられた以上、もう狭い壁に意味はないとシラユキも判断したのか、代わりに氷の壁を爆散させて魔獣を吹き飛ばした。そしてもう一度、今度はより高く、幅も広い壁を生成した。

森を焼き払い、木々をことごとく凍らせる聖獣達がそうしないのは、爆弾に被害が及ばないように力を制御できないからだ。自分達の迎撃手段すら爆弾に御されてしまい、ユージーンもシラユキももどかしい感情を隠せないでいた。

それでも、魔獣は襲ってくる。冒険者達は剣を構え、斧《おの》を携え、魔獣に立ち向かう。

「この、邪魔すんな！」

狂った魔獣の動きは単調で、熟練の冒険者にとっては敵じゃないみたいだ。

なのに、皆がここまで焦っているのは、一匹たりとも討ち漏らせないからだ。

『しまった、一匹漏れた！　シラユキ！』

『トキヤ達には、近づけさせないデス！』

たった一匹でもレールや僕、アイザックに近づけば、全員が一斉にその一匹を潰しにかかる。

今回は僕が魔獣の襲撃を巻き戻して、シラユキが氷漬けにしたところをユージーンが粉砕した。

そのままユージーンが振り向いて、口から火を放って魔獣を焼き払う。横ではダリルさんが、二振りの剣を薙いで二匹の魔獣の首を同時に斬り落とす。

僕もできれば加勢したいけど、魔力を無駄遣いできない上に、戦いに慣れてないアイザックを守る必要もある。有事に反応が遅れた、魔力が足りないでは話にならない。

（レールにひびが入ってもアウト、僕が気づくのが遅れて爆弾に魔獣が触れただけでアウト、音を聞いてからじゃ静止も巻き戻しも間に合わない！　大丈夫なのかな、本当にこの作戦を無事に遂行できるのか――）

だんだん数が増えていく魔獣を目の当たりにして、一瞬だけ僕の心が弱くなる。

（いや、いける！　僕が不安になってどうするんだ、僕が……）

そのたびに自分の胸を叩いて、自分自身を鼓舞する。転生までしたのにこんなに弱い気持ちでどうするんだと、己を立ち上がらせる。

だけど、現実は無常だ。魔力に引き寄せられた魔獣が、自分の頭が砕けてもなお氷の壁に激突し続けた結果、とうとう壁の一部が崩れて、魔獣の群れがなだれ込んできた。レールの警備に徹するシラユキは、とてもじゃないけど壁の補修をできない様子だ。

「氷に穴が開いた！　魔獣がなだれ込んでくるぞ！」

『めんどくせえ、まとめて焼き払ってやる！』

とうとうユージーンが爆弾を押すのをやめて、防衛に回った。そして、絶大な威力を誇る炎を、魔獣を舐め回すように口から解き放った。

たちまち敵が焼かれていくけど、硬い甲羅を持つ魔獣が一匹、猛攻をすり抜けた。

「ダメだ、ユージーン！　隙間から、魔獣が……『ステイシス』！」

貴重な残り五回のうちの一回を使って、僕が時間魔法で魔獣の動きを止める。

僕が一回の魔法で止められるのは、定めた対象だけだ――。

（なっ⁉　もう一匹、後ろから⁉）

――だから、さらにその後ろからすり抜けてきた魔獣には、魔法が使えなかった。

目を血走らせて突進してくる魔獣の狙いは、間違いなく爆弾そのものだ。ユージーンの炎は爆弾の直撃コースにあって、シラユキは反応が間に合わない。聖獣で遅れているのだから、アイザックにはとても対処できない。

ダリルさんも護衛の皆も、やっと危機に気づいたけど、魔獣と戦うので手一杯だ。

どうする。どうする。どうする。どうする。

巻き戻しの時間魔法を最大活用するか。ダメだ、今の僕の集中力じゃあ範囲と威力にぶれが生じて、なにが起きるかわからない。爆弾を動かす速度を一気に加速させるか。ダメだ、いくらなんでも沼に辿り着くまでに爆発してしまう。『ステイシス』は。ダメだ、解除すれば止まっていた魔獣が爆弾に噛みつく。

時間を止めている間に、ユージーンに運ばせる。論外だ、僕のいない範囲で爆弾が爆発しない保証がない。ユージーンを犠牲にするような行動なんて、取れるはずがない。

時間魔法を使えるからわかる。今の僕ひとりでは――どうあがいても、対処できない。

（間に合わない……！）

全員の視線が集中するさなか、魔獣の巨大な牙が爆弾に――。

「……え？」

――触れたように、見えた。

魔獣自身もきっと、爆弾に噛みついたと思っただろう。

けれど、魔獣の牙は、果たして爆弾には届いていなかった。

なぜか。魔獣と、僕達がどうにか守ろうとしている爆弾の間には、水色の軟体がぎっしりと詰め込まれていたからだ。

その姿に、僕は見覚えがあった。

「す、スライム……まさか、あの時テイムした……!?」

街に来る前にテイムして森へと還した、あのスライムの群れだ。スライムは魔獣を振り払い、爆弾と僕を守るように魔獣の群れから庇ってくれたんだ。

ユージーン、シラユキと目が合った僕は、確信した――スライムは、僕達の味方だ。

「今度はスライムの群れか!?　次から次へと、きりがねえ！」

そんなスライムに斬りかかろうとしたダリルさんを、僕は慌てて制止した。

「待ってください、ダリルさん！　このスライムは味方です！　僕がテイムした群れで、僕達を、爆弾を守ってくれています！」

『へっ！　まさかあのスライムが約束を守ってくれるとはな！』

ユージーンの言う通り、スライムの援護のおかげで、少しだけ状況は改善した。

でも、依然危険なのは間違いない。第一、爆弾を安全に運ぶ手段がないのは同じだ。

（現状は最悪だ！　レールはいつ壊されてもおかしくないし、持ち運ぼうにも爆発のリスクがある！　ドデカバネグサの包みも剥がれて、柔らかい防壁が……）

柔らかい防壁。

葉っぱと同じくらい柔軟に包んで、衝撃を吸収してくれる壁があれば――。

「……あっ」

――ある。あるじゃないか。今、ここに来たじゃないか。

氷の槍《やり》が降り、火が飛び交い、魔獣が剣とぶつかり合う中、僕の脳みそは前世と合わせて最大速度で回転した。鼻血が出そうになるほど集中した果てに、僕は吼《ほ》えた。

「アイザック！　『スライムに爆弾を運ばせて、沼まで持っていったときの成功確率』をはじき出してほしい！」

「え？　トキヤさん、なにを……」

「いいから！」

冒険者の皆に守られながら、アイザックは目を閉じ、指先に魔力を集中した。

ゆっくりと指から発した魔力が、僕の望む数字を確率で表した。

「……信じられない……成功率は九十パーセント以上だ！」

驚くアイザックの前で、僕はにっと笑った。

「それを聞いて、安心したよ！　スライム達、お願い！」

スライムになんと説明したものか、正直思いつかなかった。この場はただ、僕の頭の中の考えを読み取ってほしいと必死に願うばかりだった。

そしてスライムは、僕の考えを見事に読み取ってくれた。

壁になっていたスライムはどろりと溶けて、爆弾を包んだ。僕の予想通り、爆弾にはまるで衝撃が伝わらないまま、彼らは魔獣の隙間を縫って、底なし沼へと走り出した。

『すげぇ……スライムが、爆弾を抱えて突っ走ってやがる……！』

『ユージーン、感心してる場合じゃないデース！　スライムを守って、魔獣の墓場まで一気に突っ走るデスよーっ！』

『お、おうっ！　冒険者共も、ついてこい！』

スライムの後を追うように、魔獣の応戦をしていた面々が一斉に駆け出した。もちろん魔獣は追いかけてくるけど、シラユキが渾身《こんしん》の氷の壁を生成し、ユージーンが空を飛ぶ魔獣を炎で焼き払って、時間を稼いでくれた。

足がもつれた僕は、ユージーンに担いでもらっていた。確率計算ですっかり体力を使ってしまったのか、アイザックもぜいぜいと息を切らしている。

それでもスライムを追いかけているうち、とうとう目的地に到着した。

異臭の漂う広大な紫色の沼、魔獣の墓場だ。

「スライムの皆、爆弾を投げ込んでくれ！」

僕が叫ぶと、スライムは爆弾を放り投げた。さすがに着水するときの衝撃をスライムは考慮しなかったみたいだけど、そんな時のために僕の魔法がある。

（底なし沼の奥、一番奥までずっと制止し続ける！　僕の限界がきても、完全に安全だって、アイザックが言い切れるまで！）

沼を恐れたのか、魔獣は追いかけてこない。

だったら、防御に使う魔力は必要ない――すべてを、最後の魔法に注ぐだけだ。

「時間魔法――『エンドレス・ステイシス』！」

両腕を前に突き出して使った『エンドレス・ステイシス』は、文字通り僕の魔力が続く限り、永遠に続く制止だ。僕が解除すると念じないとずっと制止し続ける。それこそ、僕の魔力が切れるまで。

だけど、その価値はある。二回目にもらった命を賭す価値が、ここにはある。

「シラユキ、沼全体を氷で蓋するんだ！　アイザックはどこまで沈めれば、安全なのかを計算してくれ！」

沼の表面に激突して、沈んでいっても爆発しないのを見た僕は、ほぼ反射的に叫んだ。

『氷魔法「二十氷層天蓋《にじゅうひょうそうてんがい》」！』

「もうやってるよ、トキヤさん！　『魔法を解除したら被害が出る確率』二十パーセント……

十五パーセント……」

シラユキが沼全体を凍らせて、アイザックが指先に数字を表示し続ける。

魔獣も近づかない静寂の中、僕の指先に血管が浮き出る。たぶん、顔にも同じものが浮き出ている。魔力と体力を、限界まで絞り出している証拠だ。

だとしても、魔法は解除しない。

絶対に、確実に、安全に処理できるまで解除しない。

（ここまできて、絶対に失敗なんかさせない――っ！）

「五パーセント……三、二、一……トキヤさん、魔法を解除して！」

アイザックの声が聞こえた――つまり、被害が出る確率ゼロパーセントの証拠だ。

体中の緊張の糸が切れるように、僕は魔法を解除した。

――その瞬間だった。

「う、うおぉっ!?」

表面の氷にひびが入るほどの大爆発が、沼の奥底から轟いた。

とんでもない勢いの地震が起きたかのように、地面が揺れる。魔獣の悲鳴がどこからか聞こえ、鳥達が一斉に飛び立ち、平衡感覚を失いそうになるほどの震動だ。

それは視界が揺れるほどの強さだったが、次第に収まり、やがてなくなった。

「……揺れが、収まった……ということは……」

その場にいる誰もが武器を置き、魔法を解除して頷き合った。

爆弾は爆発した。しかし、誰も死ななかった。

つまり。

「――爆弾は処理できた！　作戦は成功したんだ、街を守ることができたんだ！」

「「やったぁーっ！」」

僕達は、街を守り切った。

全員がそう理解した瞬間、武器を放り投げて抱き合った。

特にダリルさんなんかは涙と鼻水がちょちょぎれそうなほどの勢いで歓喜して、アイザックの服に顔をこすりつけて喜んでいる。アイザックはというと、嬉しそうだけど、ダリルさんの反応には困っているみたいだ。

「やった、やったぜ、アイザック！　俺ちゃん達のヴィスタスを、俺ちゃん達の手で救えたんだ！　アイザックとトキヤ、お前らは救世主だぜ！」

「そんな、僕なんて……そういえば、トキヤさんは？」

さて、皆が喜びを分かち合う中で、僕はというとなんとか生きていた。

ぎりぎりで魔法を解除したのが幸運だったのか、魔力をすべて吸い取られはしなかったんだ。

きっと、数値化すれば十、もしくは一くらいは残ってるんじゃないかな。

「い……生きてます……なんとか、ね……」

地面に仰向けになっている僕は、ユージーンとシラユキにもみくちゃにされた。

『よくやったぜ、トキヤ、トキヤ！　お前は俺達の誇りだ！』

『トキヤ、サイコーデース！』

手足に力が入らない僕は、もうされるがままだ。

けど、悪い気分はしない。

前世でなにもしなかった、なにもできなかった僕は、もういない。

僕は成し遂げた。自分のやるべきことをできることに、できることをやりたいことへと昇華させた――僕と皆の力で、大事なものを守り抜いたんだ。

そう思うと、頬をひと筋の涙が伝った。

本当は不安で、怖くて仕方がなかったから。

――でも、もう、心配することはなにもない。

僕の傍には、こんなにも信頼できる人がいる。信じられる聖獣がいる。

「よーし、ちょっと休憩したら、戻るとすっか。スライムも一緒にな」

ダリルさんの視線の先には、スライムの群れがいる。

彼の言う通り。この子達も街の確かな救世主だからね。

「……うん、帰ろう……ヴィスタスに、一緒に」

ユージーンに抱きかかえられながら、僕はスライムに微笑んだ。

冒険者に、正体を現した聖獣に、商人の息子、異世界転生者の僕。
そして僕の後ろについてくる、たくさんのスライム。
組み合わせと呼ぶにはおよそ奇怪な街の救世主は、帰り道、誰もが笑っていた。

エピローグ

ヴィスタスに平穏が取り戻され、人々は街に少しずつ帰ってきた。

皆は故郷の無事を喜び、しばらくの間、街の入口から役場へと続く大通りはお祭りのように賑わっていた。エインズワース商会総出で街の無事を祝うイベントを開いたんだ。

聞くところによると、僕達が帰ってくると信じていたから、もうイベントの立案自体は完了してたらしい。本当に商人ってすごいなあ、と僕は思った。

その僕も、爆弾処理にひと役買った英雄達も、祭りが始まると大いに楽しんだ。

ユージーンやシラユキの正体を誰も問いかけなかった。代わりにふたりは火を吹き、氷のオブジェを作り、スカーレットだけじゃなく街中の人々を楽しませた。

一日かけて回復した僕もアイザック達と一緒に通りを歩いて、いろんなものを買ったり食べたりして、ヴィスタスの街を十分と言っていいほど堪能した。費用は全部、ダリルさんとナカツさんが出してくれると聞いて、アイザックと一緒に甘えちゃった。

大事な人や頼れる仲間に囲まれた数日間は、本当に楽しかった。

旅に出てよかったと、心から思える日々だった――。

「――本当に行ってしまうのかい、トキヤ君？」

だからこそ、僕は自分の道を、目的を忘れるわけにはいかなかった。

エインズワース商会主催のイベントが終わった次の日、僕と人間の姿のシラユキ、ユージーンは荷物をまとめて、ヴィスタスの門の前にいた。

そう。僕は次の目的地に行くことを決めたんだ。

ライナスさん達だけじゃなくて、ダリルさんにナカツさん、街の皆が惜しんでくれたけど、一度大きくなった僕の好奇心はもう止められない。もっと多くの出会いと、もっと多くの発見があると思ったなら、旅に出たいと思うのは当然だった。

思い立った次の日には準備を始めた僕達だけど、まさかこれだけたくさんの人に見送られるなんて、思ってもみなかった。街ががらんとして見えるほどの住民が、僕達三人を見送るためだけに、集まってくれたんだ。

もしかすると、僕を引き留める最後の機会だと考えたのかもしれない。

だけど、ごめんなさい。僕は、数えきれないほど新しい出会いを待ちきれないんだ。

「はい、もう決めましたから」

「君を引き留めたくはない半面、正直に言えば、街に永住してほしいとも思っているよ。君だけじゃない、ユージーン君に、シラユキ嬢も大変惜しい」

ライナスさんはやっぱり、名残惜しそうな顔をしていた。

「まだ帰ってきていないが、街の代表と副代表も、君達には大変感謝していると魔法通信を受け取った。それこそ、望むのならば一等地に屋敷を建てて、君達を迎え入れたいし、好きな職業を斡旋したいくらいだと言っていたよ……」

「父さん、わかってるでしょう。彼の強い信念は、曲げられません」

まだエルミオ市のお偉方と事後処理云々を含めた話をしているらしい、代表と副代表の名前を出したところで、アイザックが会話に割って入った。

彼がそう言うと、ライナスさんは深く頷いた。

「……わかっているとも。アイザック、お前の計算に頼らなくてもな。だが、どうしても名残惜しいという気持ちは伝えておきたくなるものだ」

「アイザックもスカーレットも、私達と同じ気持ちよ」

「……トキヤさんは、僕の恩人だから。そう思うのは、父さんと同じで当然だよ」

寂しそうだけど笑顔を見せるホリーさんとアイザックの隣で、スカーレットは目を潤ませてシラユキを見ていた。スカーレットは彼女に一番懐いていたから、気持ちはとてもわかるよ。

「シラユキおねーちゃん、行っちゃうの？」

「別れるのは、シラユキもとっても寂しいデス。けど、安心するデス！　きっとまた、ヴィスタスにトキヤと一緒に戻ってくるデス！　シラユキは絶対に嘘つかないデス！」

「……うん！　おねーちゃん、約束だよ！」

「約束デス！」

シラユキはスカーレットの前で屈んで、彼女を軽く抱きしめた。

一方でユージーンはというと、ダリルさんと皮肉交じりの会話をしていた。

「口やかましいユージーンも、いないと思うと寂しくなるもんだな」

「俺の分までてめぇが騒いでろよ、ダリル」

「言われなくても騒いでやるよ、俺ちゃんは街きっての冒険者だからな！　もしも街になにかあっても、今度は俺ちゃんと皆だけで、どうにかするっての！」

ダリルさんは歯を見せて笑うと、後ろにいるスライムにもたれかかった。

「ついでにスライムもな！　こいつらももう、立派な街の一員だぜ！」

人を襲わないスライムは、今やすっかり街の貴重なマスコットになっている。

力仕事にも貢献して、ゴミでもなんでも食べてしまう魔獣は、ヴィスタスになくてはならない存在だ。スライム達も街の皆に懐いているようだし、これなら任せても大丈夫だね。

「スライム達のお世話を、お願いします」

静かな声で告げた僕を皆が見た。

これ以上の会話はいらない。ただ見送るだけだって目がそう言っていた。

「それじゃあ、いってきます。皆さん、本当にお世話になりました！」

大きく頭を下げてから、皆に背を向けて僕は力強く歩き出した。

そうしないと寂しくて、夢を忘れてヴィスタスに戻ってしまいそうだったから。

「じゃあな、人間共」

「ばいばいデース！　きっとまた会えるデース！」

いつになく愁いを帯びた瞳でユージーンが軽く一瞥して、シラユキがぶんぶんと大きく手を振って、僕についてきた。

別れを惜しむ声は聞こえてこなくて、代わりに背中を押してくれる声が聞こえてきた。

ああ、よかった。

最初に来た街がここで、知り合った人々が皆で、本当によかった。

そんな思いを抱きながら歩いているうち、次第に皆の声が聞こえなくなっていった。草原を駆ける風の音だけになって、閉まらない門の影も見えなくなるほど僕は歩いた。

森とは逆の方向の街道をひたすら歩くうち、ユージーンが僕の頭に手をのせた。

「……いいのか、トキヤ？」

「なにがだい？」

「お前、あの街を随分気に入ってたじゃねえか。里のことが気にかかってるなら、俺がウダイ達に言ってやるよ。だから、お前の好きな生き方を――」

ありがとう。

だけど、僕が旅を選んだのは里のことがすべてじゃない。

「――今この瞬間が、僕の好きな生き方だよ、ユージーン」

僕の思うままに生きる道がこうだったって、それだけさ。

「いつかヴィスタスに戻ってくるかもしれない。エルミオ市のどこかに住むかもしれないし、里で長になるかもしれない。けど、それまでは、僕はもっと世界を見てみたい。人を知って、人と笑い合って、自分の可能性を見出したい」

なにになるかはわからない。なにができるかはもっとわからない。

でも、僕は知っている。

「だって、僕の可能性を広げられるのは――世界と僕が、手を繋いだ時だから！」

自分がなにをしたいかを。

世界を知って僕の可能性を広げたいっていう、ただひとつの夢を。

「……しゃーねえ、それが望みなら、とことんついていってやるさ」

「トキヤの行きたいところ、やりたいことが、シラユキの望みデス！　この世の端からあの世の果てまで、どこまでもお供するデスよーっ！」

「うん！　三人なら、きっとどこにでも行けるよ！」

ユージーンとシラユキと一緒なら、なにも怖くない。

長い、長い街道の先になにが待っていても、もう恐れない。僕と、君達と、これまで出会ってきた笑顔を思い出せば、未来に恐怖なんて抱かない。

だから僕は語り合いながら、強く、大きく足を踏み出せるんだ。

「ヴィスタスから南に進んだ先に、王国でもあまり踏み入れられていない地域があるらしいんだ。アイザックから聞いたんだけど、そこには犬族と猫族がいるんだって」

「犬と猫か……まあ、仲良くはなさそうだな」

「でも、そこではふたつの種族が守る、世界一美しい湖を見られるんだよ。ユージーン、シラユキ、興味はないかい？」

「ぴゅーりほーな湖⁉　見たいデス、シラユキは見たいデース！」

「じゃ、行き先は決まりだな。俺の翼で飛んでいくか、トキヤ？」

ユージーンの問いかけに、僕は笑って応えた。

「歩いていくよ。僕と、君達と、一緒にね」

「……知ってるっての」

背中を強く叩かれて、僕は思わず駆け出した。つられたふたりも、走り出す。

「行こう――僕達の旅は、まだ始まったばかりだよ！」

果てなく続く道の向こうを、太陽が照らす。

眩しいほどの明るさに負けないように、僕達は笑って走り続けた。

僕の名前はトキヤ。

時間魔法を操る、異世界からの転生者。
この世界に広がるたくさんの出会いを知るために、僕は旅を続ける。
心から愛する聖獣と、共に。

おわり

あとがき

はじめましての方は、はじめまして。

お久しぶりの方は、お久しぶりです。いちまるです。


さて、今回のテーマは『スローライフ』と『なにができるか』。

ひとつ目のテーマは僕にとって初めての試みでした。血沸き肉躍る冒険ではなく、なにげない日常に注目する作品は、前作同様に執筆経験がなく、随分と苦労しました。

前作、前々作ともにクライマックスは戦いで決着をつけていたところを、皆の知恵や勇気で切り抜けるというのですから、これまた頭を捻りました。

参考資料とにらめっこして、グロテスクなシーンを排除する。

人と人の出会いと触れ合いに注目しながら、別れも記す。

今作を書いている間、まるで自分自身がどこか知らない世界を旅していた自伝を残しているような気分になれて、とても楽しかったです。


もうひとつのテーマである『なにができるか』は、僕がずっと考えていた事柄でもありました。

なにができるか、と言いましたが、できないことを諦めるという意味ではありません。自分に与えられた力と信じる心を持ち、やりたいことへと昇華させていけば、どんなこともできる。なにができるかを考えるのは、なんでもできるきっかけなんだと思い、筆を進めていました。

できるわけがない、なんてない。

なんだってできる。

そういう風に、世の中はできてるんだと思います。


そろそろページの端が迫ってきましたね。

『聖獣に育てられた少年の異世界ゆるり放浪記～神様からもらったチート魔法で、仲間たちとスローライフを満喫中～』のキャラクターに生命を吹き込んでくれたｎｙａｎｙａ先生。

初めてのテーマに戸惑う僕にアドバイスをくれた担当様。

ここまでページをめくってくれた読者の皆様。

本当にありがとうございます。


ではまた。ひとり暮らしに慣れた頃に、お会いしましょう。

いちまる

聖獣に育てられた少年の異世界ゆるり放浪記
～神様からもらったチート魔法で、仲間たちとスローライフを満喫中～

2023年4月28日　初版第1刷発行

著　者　いちまる

発行人　菊地修一

編集協力　鈴木希

編　集　増田紗菜

発行所　スターツ出版株式会社

〒104-0031　東京都中央区京橋1-3-1　八重洲口大栄ビル7F
☎出版マーケティンググループ　03-6202-0386
（ご注文等に関するお問い合わせ）

https://starts-pub.jp/

印刷所　大日本印刷株式会社

ISBN　978-4-8137-9228-4　C0093　Printed in Japan

［いちまる先生へのファンレター宛先］
〒104-0031　東京都中央区京橋1-3-1　八重洲口大栄ビル7F
スターツ出版（株）　書籍編集部気付　いちまる先生